講談社文庫

手首の問題

赤川次郎

目次

手首の問題

1　暑い夜

頭に来ていた。

確かに、誰でも苛々《いらいら》して周囲に八つ当りしたくなる暑い日ではあった。問題は、八つ当りしたければできる人間と、八つ当りしたくてもできない人間が、世の中にはいる、ということなのである。

古いビルは、冷房がろくに効《き》かなかった。特に西日の入る階段の辺《あた》りは、夏でなくても空気の通りが悪いせいか、ムッとするほどだった。

加えて、給湯室もそこにあるので、そこの熱も加わって……。

「——お客にお茶を出して」

と、河原《かわはら》が言った。

誰も返事をしないので、行きかけた河原は振り向いて、少しためらってから、

「刈田《かりた》さん。お茶出してよ」

やっぱりね。五時ぎりぎりになってお茶出しなんか、普通じゃしてくれないのよ。そういうときはいつも、「刈田さん……」と甘ったれた声を出す。

仕方ない。無視していると、河原は課長に泣きつく。

「ボクの言うこと、誰も聞いてくれないの！」

と訴えるわけである。

ママに言いつけてやる！

きっと、河原は小さいころからそう言い続けて育って来たのである。ママがいつも何とかしてくれたのだろう。

「刈田さん――」

と、河原は今にも泣き出しそうな声を出す。

「何人？」

と、刈田靖代《やすよ》は仕事の手を止めた。

「ありがとう！　二人。僕の他にね」

「今行くわ」

と、靖代は言った。

「頭に来るわよね」

と、河原が応接室へ行ってしまうと、同じ課の女の子たちが口々に言い始める。

「そうよ。入社して何年、あの子？」

「まだ二十四だから……満二年？」

「いや、丸々二年はいないんじゃ？」

「どっちにしたって、河原さんの方が後輩なのよ。それなのに『お茶出して』だもんね。腹立つわよ」

「仕方ない。やってくるわ」

と、靖代は立ち上った。「五時になったら、誰もやりたがらないでしょ」

「ご苦労さま」

と、言ってくれても、でも、「私がやるわ」とは言ってくれない。

靖代は給湯室へとサンダルをカタカタいわせながら歩いて行った。

――刈田靖代は二十五歳。短大を出て、この〈K貿易〉に入り、五年たつ。

もう五年も勤めていれば、「単純事務」ならベテランの域だが、それでも、入社してやっと二年たつやたたずの河原より給料は安いのだ。

頭に来るのは、そういう待遇の差が、そのまま河原の態度にも現われていることで、「お茶出しは女がやるのが当然」と思っているからこそ、あんな口のきき方ができるのだろう。

初めの二、三年は靖代も本気で腹を立てていたものだが、このところ悟《さと》りの境地に入りつ

つあって、

「月給に見合った仕事さえしてりゃいいや」

と、考えを変えた。

お茶出しをして、五時少し過ぎれば、メリットもあった。帰りに他の女の子たちから誘われずにすむ、ということ。

「――お茶三つね」

安物のお茶だが、ともかく「色と香りのあるお湯」を三人前用意して、腕時計を見る。四時五十七分。――これを運んで出している間に、チャイムが鳴るだろう。

お盆を出して、茶托《ちゃたく》にのせたお茶碗を手にしたところで、

「――きっと来てね」

と、階段の方から声がした。

むろん、〈K貿易〉そのものが、五十人ほどの会社だから、誰の声かはすぐ聞き分けられる。

祥子《しょうこ》だわ、あの声。――階段で何してんだろ？

カタッ、カタッと階段を下りてくるサンダルの音。いや、もう一つ、足音がする。

「なあ、そろそろ一泊の旅行ぐらい、いいだろ」

「だめよ。お父さん、うるさいんだもの」

「帰りが遅きゃ同じじゃないか」

「でも、違うのよ。帰りさえすりゃ、何とでも言いわけできるの。泊ったりしたら、それこそ……」

二人が給湯室の前を通り過ぎていく。

靖代は、ドアのわきへ隠れていて、二人の目にはつかずにすんだ。

それから、ショックはその後にやって来た。

——浦川《うらかわ》さんと祥子！

あの裏切者！

片倉《かたくら》祥子は靖代の一つ年下で、大卒なので、まだ新人だ。何かと靖代を頼ってくるので、よく二人で食事して帰ることがあった。

その祥子が浦川と……。浦川は二十八歳の独身男性で、世間並にはともかく、この〈K貿易〉の中では「貴重な男」だった。

ただ、それだけに「自意識過剰」の気味があって、靖代など「虫が好かない」と公言している。そして祥子も、

「ああいうタイプ、大嫌い！」

と、靖代にいつも言っているのだ。

それなのに……。

靖代は頭に来て、汗までかいていた。

「あ、そうだ。――お茶」

思い出したとき、五時のチャイムが鳴って、靖代の予定は三分間ずれ込んだのだった……。


「――刈田じゃないか」

駅の改札口を出たところで、靖代は懐《なつか》しい声を聞いた。

「先生！　久しぶりですね」

靖代は、相変《あいかわ》らず少し前かがみの、一見したところ、もう五十を過ぎているかと思える男を見て、微笑《ほほえ》んだ。――この一瞬、靖代は高校生のころの笑顔を取り戻しているのである。

「先生、今、帰り？」

「ああ。じき夏休みだからな。やっとかなきゃいかん仕事が山ほどたまってる」

鈴谷哲男《すずたにてつお》は、重そうな鞄《かばん》を左手に持ちかえた。「お前、まだあのアパートか？」

「そうですよ。引越すお金なんかないもの」

「飲む金はあっても、か？」

と言って、高校時代の恩師は笑った。「大分《だいぶ》赤い顔してるぞ」

「そう？　もうさめたと思ってたのに」

二人は、夜道を歩き出した。

――鈴谷哲男は四十を越したところである。靖代が高校で担任してもらっていたころは、三十代の初めだったわけだが、そのころから髪に白いものが目立ち、「疲れた中年」のイメージだった。

「あれ、先生、同じ電車だった？　気が付かなかったな」

「一本前だろ、家へ電話してたから」

「奥さん、お元気ですか？」

「まあ、何とかやってる」

そう言われてからハッと思い出した。鈴谷の妻が病気がちで、よく入退院をくり返していたことを。

「ごめんなさい。忘れてた」

と、素直に謝る。

「そんなことで謝るなよ」

と、鈴谷は笑って言った。「今は調子いいんだ。車で迎えに来てくれる」

「じゃあ――待ってなきゃ」

「どうせ途中で会うからいいんだ」

と、鈴谷は言った。「どうだ、仕事は？」

「相変らず、お茶出しとコピーで一日が終ります」

「仕方ないな。お前は色々やれる奴《やつ》なのに」

「辞めてのんびり次の仕事捜すだけの貯金でもあればいいんですけどね」

「いい男はいないのか」

「いい仕事より絶望的」

と、靖代は肩をすくめて見せた。

高校に入るとき上京して来た靖代は、親戚の家に下宿していたが、短大を出て就職すると、アパート暮しを始めた。

田舎の親からの仕送りも、むろんなくなる。初任給十万余りの中、何とかぎりぎり食べていけるように選べば、都心から通勤に一時間以上かかるこの郊外の駅で、さらに十五分も歩くアパートがやっと。

そして通い始めたある日、同じ駅を降りた客の中に、かつての担任の顔を見付けたときは嬉《うれ》しかった。

「——暑いな、このところ」

と、鈴谷が言って、ネクタイを外した。

「本当。クーラーもないし、寝るときが大変ですよ」

「窓開けて寝てるのか?」

「物騒《ぶっそう》だもの。閉めてるけど、蒸し風呂みたい」

つい、こぼしてしまう。

「ああ、きっとあの車だ」

と、鈴谷は、やって来た車の方へ手を振った。

小型の、一見して「中古」だろうな、と分る車が寄せて来て停《とま》る。

「お帰りなさい」

と、運転席から、少し青白い顔が覗《のぞ》く。

「刈田君だ。俺が昔教えた」

「ああ、うかがってます。鈴谷の家内です」

と、微笑む。

「刈田靖代です」

と、ていねいに頭を下げる。

「女房の信忍《しのぶ》だ。——じゃ、またな」

と、鈴谷が助手席に乗る。

「刈田さん、同じ方でしょ？　送りましょうか」

と、妻の信忍が言った。

「いえ、もうじきですから」

「そう？　それじゃ、おやすみなさい」

車がUターンして、たちまち見えなくなってしまう。

「送ってもらっても良かったかな」

と呟《つぶや》いたが、いやいや、けじめというものは必要だ。

自分も二十五歳。いつまでも「生徒」ではないのだ……。

靖代は、少し足どりを速めた。

——やっとアパートへ辿《たど》り着《つ》くと、もう汗だくである。

アパートは二階建の、やや古い建物。

靖代は一階の〈105〉にいる。

階段を上り下りしないのは何よりだ。相当用心して歩いても、二階の住人は苦情を言われる覚悟が必要である。

夜十時を少し回って、靖代は自分の部屋の鍵《かぎ》さえそっと回さなくてはならない。

部屋の中は暑かった。いつものこととはいえ、やはり入ったとたんにうんざりする。

チェーンまでかけて、やっと明《あか》りを点《つ》け、六畳一間と台所、小さなユニットバスですべての「わが家」を見渡す。

カーテンを引く前に、窓を開けて、干《ほ》しておいた洗濯物を取り込もうとした。

「あ……。また！」

やられた。――ハンガーから、ショーツが二枚、消えている。

「頭に来るわね、もう！」

と、かみつきそうな声を出して、窓の外をにらみつける。

むろん、今ごろ犯人がその辺にいるわけはないが、暗がりをにらんでいれば、少しは犯人に届く、とでも言いたげである。

――しかし、靖代が腹を立てるのも無理はないので、もう何枚下着を盗まれたことか。特別高級品を買っているわけでないにしても、枚数がふえれば、その損害は馬鹿にできない。

しかも、盗む人間の精神の低劣さ、そんな奴が自分の下着をいじくり回しているのかと思うと、腹立ちは何倍にもなる。

このアパートでも、特に靖代の被害が大きいのは、一体《いったい》どうしてか、彼女自身、分らなかった。他にも、一人暮しの女性はいるが、靖代ほどひんぱんに盗まれていないようだ。

それとも、黙っているのだろうか。

状況的にも、靖代の部屋は狙われやすいと言える。

アパートの隣は、ある大企業の社員寮である。こっちの二階建アパートとは違って、五階建のしっかりした造り。

高い塀《へい》で囲まれていて、靖代の部屋の窓から見ると、その塀がほとんど視界をふさいでいるのだ。塀とアパートの間はほんの二メートルほどで、だから窓を開けても風が入るわけではなかった。

下は雑草が生い繁っていて、夏は特にひどい。

その代り、誰かがここまでやって来ても、まず人目につくことはない。地面からかなり高い位置にハンガーをかけておくのだが、あまり効果はない様子。

結局、一人頭に来て、ますます熱くなっている靖代だった……。

2　手　錠

ああ……。

頭、痛い。――靖代は呻《うめ》きながらやっとこ布団《ふとん》から這《は》い出《だ》した。

暑さで、パジャマはべっとりと肌にはりついている。この気分の悪さ、頭痛と吐気《はきけ》が、風邪《かぜ》でもひいたせいなのか、それとも二日酔のせいなのか、自分でもよく分らなかった。

カーテンを通して、もうまぶしいような強い日射《ひざ》しが部屋へ押し入って来ている。時計を見ると、八時半を過ぎていた。

もちろん、今から出ても遅刻だ。それならいっそ休暇を取った方がいい。

何といっても、五年も勤めていると、気がねなく休めるという強みがある。

窓を開けたが、むろん涼しい風など入って来ない。玄関のドアを開け放しておけば、少しは風も通るのだろうが、女一人の住いで、そうもいかない。

顔を洗ったり、冷蔵庫のウーロン茶を出して飲んでいる内に、少し吐気はおさまって来た。

——ゆうべ、同じ課の女性が辞めるので、その送別会があった。

珍しいことではないが、当然の如く、送別会の後はカラオケになり、三次会へとなだれ込んだ。

いつもの靖代なら二次会ぐらいで帰ってくるのだが、ゆうべは少し飲み過ぎていた。

特に、辞めていくのが今年やっと三十という働き盛りの年代で、転職先は〈K貿易〉とは比較にならない大企業の課長！　——もともと「うちにはもったいないよね」とみんなに言われる存在ではあったのだが、夫も子供もあり、それでいて仕事ができると評価されての「引き抜き」である。

上司とて、

「おめでとう」

と言って送り出すしかなかった……。

いくら割り切ったつもりでも、靖代の中には、「やりきれない思い」が渦巻《うずま》いて、結局、これまでにないほど泥酔《でいすい》してしまった。

タクシーで帰って来たことはぼんやりと憶《おぼ》えているのだが……。

よく、きちんとドアチェーンまでして、パジャマに着替えたものだ。我ながら習慣とは大したもの、と感心した。

「――もしもし」

八時五十分に、社へ電話を入れた。「――あ、祥子？　私、靖代」

「あら、おはよう。どうしたの？」

「ちょっとひどい状態で。今日、休むわ」

「はいはい」

と、祥子は笑って、「ゆうべは荒れたって？　聞いたわよ」

「そう？　憶えてない」

と、靖代は不機嫌な声を出し、「じゃ、よろしくね」

「今日、外を回るんじゃなかった？」

言われて、ハッと血の気がひく。

「そうか……。休めないか、畜生！」

人には聞かせたくないセリフである。

「私、代りに行こうか？」

「そうしてくれる？　悪いわね」

炎天下、アスファルトのムッとする照り返しの中を歩き回るなんて、考えただけでゾッとする。

「じゃ、ゆっくり休んで」

へえ。祥子もいやに優しいじゃない。

電話を切ると、ともかく今日は休むと決めただけで少し気分が良くなる。本当に現金なもんだ。

とりあえず、靖代はむし暑さの中、布団へと這《は》って行って、もう一眠りしようとした。

ガシャッ。——何か手に当った。

何よ、これ？

クシャクシャになった紙包み。——こんな物、持ってたっけ？

ビリビリと紙を破るのが快感、では赤ん坊みたいだ。中から、結構重いそれを取り出して——呆気《あっけ》にとられている。

手錠だ。

あの、刑事ものの TVドラマで、犯人の手首にガシャッと鳴る、あの手錠である。

何でこんな物があるの？——落ちた小さな鍵とかを見ると、もちろん本物ではなく、オモチャらしいが、それでも金属で、しっかり作られている。

「これで、刈田さんもいい男を捕まえて下さい！」

——大きなお世話よ！あんたなんかにそんなこと言われる筋合《すじあい》、ないわよ！

そう河原にかみついてやった……。

そうか！　カラオケの賞品だ。

「こんな物、どうするのよ」

と、畳の上に落とす。「燃えないゴミ、だね」

女の子たちにからかわれた。――そうだ、思い出した。

「靖代さん、そういう趣味があったんですか」

「Sですか、Mですか」

なんて……。

馬鹿言うな、って怒鳴《どな》って――本当に怒鳴ったのか、それとも「怒鳴ってやりたい」と思っただけで、実際は愛想《あいそ》良く笑っていたりしたかもしれない。

私って、そういうところで弱気になってしまうから……。

ともかく、こんな物、何の役にも立ちやしない。――もっとも、「いかに役に立たない物を捜してくるか」が幹事の腕だったりするから、当り前なのだが。

靖代は、ともかく、覚《さ》めて来てしまった頭を何とか眠りへ押し戻そうと努力した。

しかし、ジリジリと室内の温度は上り続け、とても眠れる状況ではなくなってしまう。

――苦闘一時間の末、ついに諦《あきら》めて靖代は起きることにした。

ぬるいシャワーを浴びて、汗を落とすと、少しさっぱりした。

風邪じゃなかったらしい。二日酔の頭痛は残っていたが、それ以外は大分《だいぶ》立ち直っていた。

しかし、今日も暑い。カーテンを開けると目を突き射すような日射し。レースのカーテンを引いても、効果はほとんどなかった。日に焼けて、もとの白さなどどこかへ行ってしまったレースのカーテンは、ぴくりとも動かなかった。

何もする元気がない。——こんなことなら、会社へ行っていた方が涼《すず》しくて良かった。いや、今日は外回りの日、この部屋の中の方が、まだましだ……。

ショートパンツ姿で引っくり返っていると、電話が鳴った。

誰だろう？　——きっとお母さんだ。

何か用事で会社へかけて、休んでいると聞いて心配になる……。よくあることだった。

「——はい」

と出ると、向うは何も言わない。「——もしもし？」

かすかに低い息づかいが聞こえた。

靖代は、座り直して、

「誰？　いたずらはやめて！」

と叩《たた》きつけるように言って切った。

——せっかくののんびりした気分が、とたんに土足で踏みにじられたようだ。

いつも下着を盗んでいく犯人かもしれない。

「でも……」

もし、そうだとしたら、ここの電話番号をどうして知っているのだろう？　電話帳にも出していないのに。

気を紛《まぎ》らわそうと、靖代は立って掃除《そうじ》を始めた。汗はかくが、気持は落ちつく。

洗濯機も回した。今日あたり、強い日射しで、すぐに乾いてしまうだろう。

せっかくシャワーを浴びたというのに、また汗をかいてしまう。しかし、あれこれ日ごろ放っておいたことを片付けていくと、その汗も快いものになって来た。

洗濯物を干す。――窓を開けると、格子《こうし》状の手すりがあって、ずいぶん高い位置まで来ている。

一階ということもあり、外から侵入されないように、と、手すりと窓の間は、三十センチほどしか空いていない。

その隙間《すきま》を、濡れた洗濯物が下の手すりに触れないように通すのは、ちょっとした熟練が必要である。手すりのさびが洗濯物についてしまわないように、ということだ。

手すりの外側のカギ形の太い針金に、ハンガーを吊《つ》り下《さ》げる。

下が土なので、水が落ちても気にしなくていいのは助かった。その代り、二階の洗濯物から落ちる滴《しずく》が当って、白いショーツがピンクに染《そま》っていたりしたことはある。

何とかうまく干して、一息ついていると、電話が鳴った。

またいたずらなら、怒鳴りつけてやろう、と勢い込んで出る。

「はい!」

「あの——刈田さん?　河原です」

「ああ……。どうしたの?」

あの「甘ったれ屋」の坊やである。

まさか、「お茶いれに来て!」なんて言わないわよね!

「具合悪いって聞いたけど、大丈夫ですか?」

靖代の方がびっくりする。

「何とかね。ただの二日酔よ」

「それならいいけど……。寝てたんでしょ?　ごめんね」

「どういたしまして」

「あの——片倉さんに頼まれて、かけてるんです」

「祥子に?」

「お昼前から外回りすることになってたんでしょ?　片倉さん、お腹痛いって苦しんでいて」

「あら。——どうしたのかしら」

「とても外回りできそうにないって言うんで。もし、刈田さん、出て来られるようなら……」


結局、出勤しろってこと？　やれやれ！

「分ったわ。すぐ仕度して出るけど……。お昼少し過ぎるわね。営業の人にそう言って」

外回りは、いつも営業の人間一人と組んで行くことになっている。

「分った。じゃ、浦川さんにそう言っとく」

浦川？　——ちょっと待ってよ！

「今日、営業、浦川さんなの？」

「らしいけど」

「じゃ——そう言っといて、すぐ出ますからって」

靖代は電話を切って、「お気の毒様」

と、祥子へと言ってやった。

祥子の奴《やつ》、浦川と二人だと知っていたから自分から代りに行くなんて言い出したのだ。きっとそうだ。

浦川と出かけるのなら、外回りも楽しそうだ！

靖代は、急いでもう一度シャワーを浴びて汗を流した。急いで出なくては、と分っていたが、汗くさい体で浦川と出かけたくない。別に祥子から奪ってやれ、というほどの気持でもないが、ともかく浦川と二人きりで出歩く、と考えただけで楽しくなってくる。

靖代は、手早く身仕度をした。——でも、女は鏡の前でも最低限かかる時間がある。

急いではみたものの、結局三十分ほども電話からたってしまった。

バッグを手に、忘れ物、なかったわね、と考えてみる。そして、出かけようとして……。

窓だ。閉めてかなきゃ。

忘れて、開け放して出てしまうところだった。

振り向いた靖代は、啞然《あぜん》とした。

レースのカーテンに影が映っていた。下から伸びてくる男の手の影が。

あいつだ！　下着泥棒。

こんな昼間に？　大胆さに驚くと同時に、頭に来ていた。

よりによって、こんなときに！

どうしよう？　急いで出かけなければならない。といって、みすみす下着が盗まれるのを放っておくのは悔《くや》しい。

たぶん、その男は、靖代がいると思っていないのだろう。この窓の下へ回り込んで来れば、まず誰にも見付かる心配はない。

並んでいる窓からも、わざわざ手すりの上から覗《のぞ》かなければ、下に誰かがいても目に入らないのだ。

どうしよう？　大声でも出せば、相手はびっくりして逃げていくだろうが、せっかく犯人を捕まえてやれるチャンスだというのに……。

その男は、たぶん何か台の上にでも乗っているのだろう。でなければ、あの高さのハンガーに手は届かないはずだ。

そのとき――靖代は、目を止めた。

手錠が、畳《たたみ》の上に投げ出したままになっている。

深く考えたわけではない。

とっさに、靖代は手錠を拾い上げた。そして両方の環を開くと、そっと窓へ近寄って行った。

レースのカーテンに映る影。――手はもう少しで靖代の下着に届こうとしていた。

靖代は、カーテンをそっと細く開けると、手すりの格子の間から手錠を握った手を出し、男の手首へ叩きつけるように引っかけた。

嘘《うそ》のように簡単に、カシャッとTVドラマ通りの音をたてて手錠が男の手首を捉《とら》えた。男が不意を突かれて凍りつくように動けなくなる。

靖代は、もう一方の環を手すりの格子にはめた。

「アッ！」

と、男が声を上げて、何か踏み台にした物から落ちたらしい。

手錠をはめた手は、窓の下へ見えなくなったが、格子につながっているので、逃げるわけにいかないのだ。

「やった！」

と、靖代は思わず言った。「反省してなさい！」

バタン、と窓を閉める。

靖代は、急いで部屋を出た。仕事だ。早く出社しなくては。

相手の男がどんな奴か見たい気もしたが、ともかく今は時間がない。

きっと、手錠でつながれて一人、焦《あせ》っているだろう。

手錠といってもオモチャである。男が力任せに引張ったら、ちぎれてしまうかもしれない。

しかし、それはそれで、二度とあの窓には近付かないだろう。そうなれば目的は半ば達したことになるわけだ。

「ごゆっくり」

会社から帰って、もしまだあそこにつながれていたら、警察へ届けてやればいい。

そうだ。気軽に盗んでいるのだろうが、泥棒には違いない。

一度思い知らせてやる方がいいのだ。

——靖代は、ともかく今、会社へと急いで着くことだけを考えていた……。

3　闘い

悪夢のようだった。

こんなことになるとは……。

夢ではなかった。それは全身から流れ落ちる汗と、手首に食い込む金属の痛みがいやというほど教えている。

踏み台にした木箱から足を踏み外して落ちたとき、手すりからぶら下るような格好《かっこう》になって、手錠の尖《とが》った角《かど》が、手首を傷つけていた。

何とか……。何とかしなくては。

左手首と、窓の手すりが手錠でつながれている。左手を肩より上まで上げた格好《かっこう》で、どうにも外すことができない。

まさか本物の手錠ではないはずだ。大体《だいたい》、本物はきっともっと重いだろう。

落ちつけ……。落ちつけ。

よくできていても、オモチャなのだ。力一杯引張るか、石ででも打てば壊《こわ》せるだろうと思った。

焦るな。——落ちつけ。

汗はすでにふき出し始めている。

ポケットからボールペンを出して、手錠の、合せ目の辺《あた》りをこじ開けようとした。

だが、バキッと音をたててボールペンが折れてしまった。

何か手ごろな石でも、と思ったが、左手が手すりにつながれているので、身をかがめて石を拾うということができないのだ。

手すりの格子が外れないかとやってみたが、大して丈夫にも見えないのに、びくともしない。

手錠が壊せず、手すりを外すこともできないとなれば……。

このままつながれているしかないのか？　いつまで？

靖代が帰って来たら。——いつか分らないが、帰って来るだろう。そして、窓から下を見て、驚くだろう。

かつての恩師が、今まで自分の下着を何枚も盗んでいたと知ったら……。

まさか、今日靖代が家にいるなどとは思ってもいなかった。

──鈴谷は、午後から学校へ出ればいいので、少しゆっくりと家を出た。妻の信忍の車で駅まで乗せてもらって行ったのだが、時間が早かった。

そう交通量の多い道ではないのだが、この二、三日工事をしていて渋滞することがあったので、早めに出ていたのだ。そして、時間が余った。

早く学校へ行っても、いいことはなかった。もう夏休みに入っているので、授業があるわけではない。しかし、今日は夏期講習の初日だった。

大学受験のために、夏休みにいわゆる「補習」をやるのである。鈴谷は今年、その責任者に選ばれた。

高齢の教師たちは、暑い中、毎日出てくるのをいやがる。若手の教師は「自分の生活が大切」と言って逃げようとする。

結局、一番いいように使われるのが鈴谷の世代だ。

補習自体をどう考えるかは別として、生徒たちの顔を見ているのはいやではなかった。責任者──〈受験担当主任〉などという肩書は名刺に刷ってくれたが、一円も手当が出るわけじゃない。

それでも、一応、肩書だけのことはしたいと思うほどには、真面目《まじめ》な鈴谷だった。

その「真面目がとりえ」の教師が……。

左手首を手錠でつながれて、身動きがとれずにいる。しかも──手錠をかけられたとき、鈴谷の手は、干してあった靖代のショーツをつかんでいた。

驚いて乗っていた木箱から転げ落ちたとき、それはハンガーから外れて、地面に落ちた。

今、それは背の高い雑草の中にしわくちゃになり、引っかかっている。

どうしてだ。——どうしてこんなことになったんだ。

猛烈な暑さだった。風がなく、しかも、二階建のアパートと高い塀に挟《はさ》まれたこの細い「隙間」には、いくつかの部屋の窓に取り付けられたクーラーの排気がたまっていた。

いや、暑ければ暑いで、それは自然なことだ。

鈴谷は寒くてたまらなかったのである。

汗がひっきりなしにふき出して胸もとや背中を流れ落ちる。このままでは脱水症状を起すかもしれない、と思うほどだった。

どうしよう……。

腕時計を見ると、午後の一時になるところだ。学校では、補習のために出ている若手の教師たちが、

「鈴谷先生、珍しいね」

と、話していることだろう。「いつも早めに来てるのに……」

俺《おれ》は、真面目な教師なのだ。特別優秀ではないかもしれないが、真面目な教師なのだ。

だが、このことが知れたら……。

重い罪というわけでないにしても、学校へ知られずにはいない。当然、職を失い、二度と教職にはつけないだろう。

鈴谷は、雑草に引っかかって妙な具合にねじれた靖代のショーツを、じっと見つめていた。

靖代……。俺は……俺は……。

そのときだった。

ガタッと音がして、隣の部屋の窓が開いたのである。

鈴谷は、叫び声を上げそうになるのを、何とかこらえた。

体を窓の下へ押し付けるようにして、隣の窓から見えないようにした。

だが——窓を開けた隣の主婦は、靖代と同じように、ハンガーを手すりの外へ出して引っかけると、何か最近のヒットソングを鼻歌混りに呟《つぶや》いて——。

「あら、誰かいる?」

と、手すりの上から顔を出したのである。

鈴谷は、とっさのことで、隠れていることもできず、立ち上った。

「——どなた?」

と、髪をクシャクシャにした——あるいはわざとそうしているのかもしれないが——その女はけげんな表情で鈴谷を見た。

「どうも……。こんにちは」

我ながら、馬鹿げていると思った。しかし、他に言いようがない。

「何してるんですか?」

と、女が言った。

そのときになって、鈴谷は気付いた。女もそう大きくのり出しているわけではないので、鈴谷の全身を見ていないということに。

手すりに左手が手錠でつながれているのは、女の目には入っていないのである。

何とかごまかさなくては。——一一〇番でもされたらおしまいだ。

「いや、警察の者なんです」

と、鈴谷は言った。

「まあ、お巡《まわ》りさん?」

と、女の目は見開かれ、「何かありましたの?」

いぶかしげな色は消えて、たちまち目が輝き始める。

「いや、ここにお住いの女性から、下着を盗まれて困るという訴えがありましてね」

と、鈴谷は言った。「それで、どんな様子か、見に来たんです」

「あら、刈田さんね。よく言ってるわ。また盗まれちゃって、って」

と、女は言った。

どうやら、鈴谷のことを本当に刑事と思ったようだ。

「誰か怪しい男とか、見かけたことはありませんか」

話している自分が、どこかにいる別人のようだ。

「さあ……。私も結構忙しいのよね」

「ああ、そうでしょう。すみませんでした」

「いいえ。でも——私なら下着盗られた、なんて届けないわね。『どんな下着でした？』なんて訊《き》かれて、恥ずかしいじゃないの、返事するの」

「しかし、被害は被害ですから」

「でもね、刈田さんって——」

と言いかけて、「今、いるの？」

と、小声になる。

「いいえ。出勤してらっしゃるんじゃないですか」

「そう。それなら……。でも、私がこんなこと言ってたなんて、黙っててね」

「もちろんです」

「本人も問題あるんだと思うわ。いかにも盗ってくれ、って言わんばかりのを。分るでしょ？　派手なやつなのよ、どれもこれも」

「はあ……」

「今、かかってる？」

と、身をのり出そうとするので、鈴谷はあわてて、

「いや、今は——」

と言った。「何か恨まれる理由でもありそうですか」

「まあね。今どきの若いＯＬで、しかも一人暮し、とくれば、男の二人や三人、当り前でしょ。よく一人住いなんてさせるわね、親の方も。私なら絶対許さない。だって、決ってるじゃない。男を連れ込んでもいいように一人住いするんだから」

「はあ」

「ま、刈田さんがそうだって言ってるわけじゃないけど、よく夜中にタクシーで帰ってくるわ。男が送ってくるときもあるのよ」

「男が？」

「ま、同じ社の人か何かでしょ。で、そのまま上ってってたって、近所にゃ分んないしね」

と、ニヤニヤしている。

「そういう評判でも？」

「うちの主人がね、この間、よく似た女の人が男とホテル街へ入っていくのを見たって。

——服の色も同じだったし、あれ、絶対に刈田さんよ」

「なるほど……」

鈴谷の目は、落ちて雑草に引っかかっている白いショーツに向いていた。――隣の女の目にも、それは見えているはずなのだ。しかし、それが何なのか気にとめていないので、気が付かないのだろう。

「ま、犯人を捕まえたら教えてよ。一度見てみたいわ」

「ええ、分りました。何か他の事件を起してる可能性もありますから」

「そうね。そういう奴って、見たとこは真面目で、おとなしそうな男なのよね、たいてい。よく言うじゃない」

「そうですね」

ピンポーンとチャイムの鳴る音。「――あ、上の奥さんだわ。買物、たいていいつも一緒なの。じゃ、頑張って」

「ありがとうございました、お話を聞かせていただいて」

「どういたしまして。――時間あったら、冷たいお茶でも差し上げるんだけど」

「いやいや、お気づかいなく」

と、鈴谷は言った。「いつまでもここばかり調べてるわけにいかないので」

「そうよね。じゃ、どうも」

女は引っ込んで、「はーい」

と、もう一度鳴ったチャイムに応えた。

鈴谷は大きく息をついた。――助かった！

また全身から汗がふき出してくる。

今は何とか切り抜けたが、しかし……。

「あら、あの人？」

隣の窓から別の女の顔が覗《のぞ》いて、鈴谷は仰天した。

「本当だ。――刑事さん？　へえ！」

「上の奥さん」というのが、話を聞いて、

「私も見たい！」

と、覗いたのだろう。

「ごめんなさい！」

と、すぐ引っ込んで、何か分らないが、甲高《かんだか》い笑い声が聞こえた。

そして、にぎやかな女同士のおしゃべりがしばらく聞こえて、それからドアの閉る音がした。――出かけたのだ。

鈴谷はホッとしたが、同時に、もし今の二人が面白がって裏を覗きに来たらどうしようと思い付いて青ざめた。

そうなったら逃げ道はない。

しかし――しばらく緊張して待っていたが、こんな雑草の茂った所へ入ってくる気にはなれないようで、とりあえず鈴谷はホッとした。

だが、どうしよう？

あの女が買物から戻って、また裏を覗いてみようという気になったら……。

まだ刑事が同じ所に立っていたら、おかしいと思うだろう。

買物……。一時間か？　二時間かかるのだろうか？

何とかしなくては。――何とか。

力任せに引張った。しかし、左手首に食い込む痛みが増すばかりで、一向《いっこう》に手錠は壊れそうもないのだった。

太陽は真上から容赦《ようしゃ》なく照りつけてくる。

鈴谷は、何か手錠を壊すようなものはないかと必死の思いで周囲を見回した。


電話が鳴ったとき、信忍はソファに横になって、ぼんやりとTVを眺《なが》めていた。

何も考えなくても見ていられる、馬鹿《ばか》らしいゴシップのニュース。ニュースというほどのものでもない。

ただの噂話《うわさばなし》。――それがTVの電波にのると一人歩きを始めて、「社会的事件」になってしまう。

妙なものだ。

信忍自身、TVにまでは出ないが、噂というものの怖さを知らされたことがある。体調を崩して、入退院をくり返している内、いつの間にか信忍は「強度のノイローゼ」で、「万引きで捕まり」「警備員に裸にされた」ということになっていたのである。一体《いったい》どこでそんな話になったのか、いくら考えても分らなかった。夫は教職にあるので、一時はかなり悩んでいたらしい。

やがて、そんな噂は消えていったのだが、誰かのいたずらか、見間違いか、似たような女が万引きで捕まってでもいたものか……。

そんな噂の出所など、いくら調べても分るはずがなく、それは闇の中、どこから銃弾が飛んでくるか分らない戦場を行進していくのにも似ていた。

信忍ももともとは教師だったが、体が弱くて長くは続けられなかった。

それほど教職に情熱を抱いていたわけではないので、家庭に入っても、そう退屈してはいなかった。

ただ——夫の哲男が、子供を欲しがっていることを知っていたので、申しわけないという思いは消えない。一度流産して、

「もう子供は作れない」

と言われていた。

もう夫も四十を越えた。自分も来年は四十になる。

信忍は、このまま年齢《とし》をとっていくのなら、それもいいか、などと考えていた。

電話が鳴って、

「はい」

と出てみると、

「あ、鈴谷先生の――」

「家内です」

「学校の富田《とみた》です」

「ああ、どうも」

若い独身の男の子。確か二十八だから、「男の子」でもないが、信忍から見ると、やはり「男の子」に見える。

「あの――先生、お出になられました？」

「え？」

信忍は当惑した。「行ってないんですか？」

「ええ。とりあえず、授業はやってるんです。電車でも遅れたかな、と思ったんですが、休み時間になっても、まだみえないので」

「電話もないんですね」

当然のことだったが、念を押した。「――じゃ、どうしたのかしら。駅まで車で送ったんです」

「変ですね。——いや、まあ心配ないとは思いますが。またお電話します」

「どうも……」

信忍は、しばらくぼんやりと座っていた。

駅前で、ちゃんとあの人は降りたのだ。それから——どうしたのだろう？

時計を見る。もう午後の三時になっていた。

信忍は立ち上った。

4　決　断

「一休みして行こう」

浦川がそう言っても、靖代は嬉《うれ》しいと思えないほどくたびれていた。

確かに、暑い中を、二人して得意先を回るのは大変な仕事である。しかも、あまりだらしのない格好というわけにもいかず、浦川はちゃんと背広上下、靖代もスーツを着ていた。

「——ああ涼しい！」

と、浦川は、その喫茶店に入ると口に出して言った。「刈田君、昼、何も食べてないんだろ？　サンドイッチでもつまもう」

「ええ」

靖代も正直、暑さで参っていた。

「大丈夫？　具合悪いのに、無理して」

「二日酔ですもの」

と、肩をすくめる。「あと何件だっけ?」

「三つだ。——予定より十五分は早い。上出来だよ」

二人はともかく奥の席についた。窓側の席は日射《ひざ》しが強くて暑い。

「——上着、脱いどこう」

と、浦川は言って、「そっと椅子の背にかけとかないと、しわくちゃになる」

「ええ」

暑いときだから、本当は外を歩くときは上着を脱いで持って歩けばいいようなものだが、そうすると、上着がしわになって、次に着たとき、見られないさまになるのである。

「私、着たままでいいわ」

と、靖代は言った。「その内、汗もひくから」

二人はいわば「お中元の配達」をしているようなものだ。営業の浦川と総務の靖代でペアになって回るのである。

「祥子、大丈夫かしら」

と、靖代は言った。

腹痛を訴えた祥子は、近くのクリニックへ行っていた。

「何か食べたものでも悪かったんだろ」

浦川の言い方がいやにあっさりしていて、靖代は少しムッとした。

何か言いかけたところへウエイトレスが水を持って来たので、口に出さずにすんだ。

「サンドイッチを一皿と、アイスコーヒー」

と、浦川はオーダーして、「君は？」

「一皿をつまめばいいわね。この暑さじゃ、食欲ない。——私もアイスコーヒー」

浦川がタバコを出して、

「いいかい？」

「どうぞ。——夏になると、いつも永久に涼しい日なんて来ないような気がするわ」

「全《まっ》くね。気温三十五度とかいっても、こういうアスファルトの照り返しのある所は、軽く四十度を越えてるよ」

靖代は、まだ高い太陽が、自分の部屋の中をジリジリと焼いているところを思って、うんざりした。

そう。——そういえばあの手錠でつないでやった男、どうしたろう？

とっくに手錠を壊して逃げているだろう。でなければ、あの暑い場所で引っくり返っているに違いない。

それにしても……。どうしてあんなことをするんだろう？

男と女。——自由に、縛《しば》られることなく付合える時代のようだが、女の下着をこそこそと盗む男がいくらもいる。

「何を考えてるの?」

と、浦川がタバコをふかしながら言った。

「いえ……。ちょっと……。もう五年も勤めてるんだな、と思って」

まさか、盗まれた下着のことを考えてるとも言えない。

「五年か……。そうだな。君と僕は一年しか違わないんだ」

浦川は初めて気付いたように、「もうベテランだね」

「それって皮肉?」

「まさか」

「祥子の方が初々《ういうい》しいわよね」

つい、言ってしまった。

浦川が呆気にとられて、

「刈田君――」

「この間、お二人が階段でしゃべってるの、聞いちゃった」

「そうか」

「結婚するの?」

「いや……。祥子の方で『まだしたくない』と言ってるんだ。結婚するつもりなら、そう隠さない」

「それもそうね。でも、祥子、結婚が早いタイプだと思うけど」

「二十四は、東京じゃ少し早いよな」

「二十四か……。いいなあ」

浦川は笑って、

「君、一つしか違わないだろ」

「二十四と五じゃ、全然違うのよ」

と、靖代は言った。「それに、彼女は大卒で、私は短大。キャリアが違うわ」

「うん、確かに」

アイスコーヒーが来て、二人は一気に飲んでしまった。

気が付くと、二人とも同時にグラスを空《から》にしていたので、顔を見合せて笑ってしまった。

「汗が出るばかりだって分ってるのにな」

「でも体が中からスーッと冷えてくのって、気持いいわ」

「そうだな。――もう一杯もらおう」

「サンドイッチが来たときでいいわ。涼しくなって、ホットの方がいいと思うかもしれない」

「そうか。そうだな」

と、浦川が肯《うなず》く。

靖代は笑って、

「私って……」

「うん？」

「いつも、こんな風なの」

「こんな風？」

「人のすることに、ついあれこれ言っちゃう。それで『口やかましい』って思われちゃうのかな」

「そんなことないさ。ちゃんと先を考えてものを言うじゃないか。いつも感心してるんだよ」

「感心ね……。それより、『可愛い』って思われた方がいいのかな」

「人は色々だよ」

——結論、か。

靖代は、浦川が見かけよりも素直《すなお》な男だと発見して、悪い気分じゃなかった。

サンドイッチが来た。

「——どうする？」

と、浦川が訊く。

「あなたは?」

「じゃ、同時に言おう」

二人は、一、二、と顎で拍子《ひょうし》をとって、

「ホット一つ!」

と言った。

ウエイトレスが唖然《あぜん》として、

「かしこまりました」

と、いやにていねいに答えた。


目が回って来た。

口の中が渇《かわ》いて、ツバも出ない。汗もあまり出なくなった。

楽になったのではない。貧血を起したときのように、頭から血の気がひいていくようだった。

もう何時間たつだろう?

腕時計を見る元気もない。——手首の皮がむけた所からは血がにじんでいた。

隣の女はまだ買物から帰らない。

いっそ、見付かってしまえば、一一〇番されて、警官が来る。そして、この手錠は外してくれるだろう。

本物が代りにかけられるかもしれないが。

もう見付かってしまいたい。——鈴谷は何度もそう思った。

だが、結局そこまでの決心もつかない。

見付かれば、教職を追われ、二度と教壇には立てない。——世間からこそこそと逃げるようにして暮さなければならない。

鈴谷は、新聞に、〈下着泥棒、捕えてみれば恩師!〉といった記事が出ているのを思い浮かべた。

それはまるで、もう出てしまった記事のように、くっきりと目の前に見えた。

そんなことが……。俺は二十年近くも真面目に生徒を教えて来たんだ! それなのに、たった一枚の下着のために……。

我ながら、そんな言いわけが馬鹿らしくて、鈴谷は笑ってしまった。

そうなのだ。当人にとっては大真面目なのに、今の状況ははた目には何とも喜劇的なものに映るだろう。

手首を手錠でつながれている教師。——記念写真がほしいところだ。いや、全く!

鈴谷は、何かの拍子に手錠が外れないかと引張ってみたが、だめだった。力を入れすぎて、手首を傷つけてしまったので、その痛みのせいで、力が入らない。

——どうしよう。

途方《とほう》に暮れた。

こんな目に遭《あ》うなんて……。俺が何をしたって言うんだ！

そこへ——ボールが飛んで来た。

鈴谷の足下ではねて、そのゴムの直径十センチほどのボールはすぐそばで止った。

何だ？

キョロキョロしていると、

「ボール、向うへ行っちゃったよ」

「だから気を付けろって言ったんだ」

女の子と男の子の声だ。——高い塀の向うで聞こえる。

「もうよそうぜ」

「やだ！」

「ボール、ないんじゃ、できないだろ」

「取ってくるもん！」

「じゃ、早く取って来いよ」

——女の子の駆け出す足音が聞こえた。

鈴谷は、暑さでボーッとしていたせいで、一体《いったい》何が起ろうとしているか、分らなかった。

ボール……。このボールか。

ハッと気付いたときには、小さな足音が雑草をかき分けて近付いて来ていた。

このままでは、子供に見られる！

足の届くところにボールはあった。鈴谷はボールをけとばした。

だが——やはり疲れ切っていたせいか、けったことはけったものの、ボールは少し転っただけで、雑草にからめとられるように止ってしまったのである。

——青ざめた。これ以上青くなる余地があったということにびっくりしたりしていた。

そこへ——タッタッと女の子が駆けて来たのである。

そして、鈴谷を見ると、ギョッとして足を止めた。

七つか八つぐらいだろう。この暑さの中、ボール遊びをしようというのだから、元気である。

「やあ……」

鈴谷は、何とか引きつったような笑顔を作った。

女の子は目を丸くして鈴谷を見ている。

「ボールはほら……。そこにあるよ」

と、鈴谷は目で教えた。

が、女の子はじっと鈴谷を眺《なが》めて、

「——何してるの？」

と言った。

「うん……。ちょっとね」

何と説明していいものか、分らなかった。

「それ……どうしたの？」

女の子は、手錠で手すりにつながれた左手を見ていた。

「あのね……悪い奴にやられちゃったんだ。誰か助けに来てくれないかと思ってたんだよ」

そう言ってしまってから、鈴谷はゾッとした。もしこの子が母親でも呼んで来たら？

と、女の子が突然駆けて行ってしまった。

「ね、君！　待って！」

と呼んだが、むだだった。

女の子はたちまち見えなくなってしまった。——どうなるのだろう？

待つ以外にない。永遠のように長い時間——といっても、きっと数分だったのだろうが
——の後、足音が近付いて来た。

あの女の子が、

「ほら、お兄ちゃん！」

と飛び出して来て、鈴谷を指す。

男の子がやって来た。——十歳ぐらいだろうか。

やはり目を丸くして、手錠をかけられた男を眺めている。

「——君、その子のお兄ちゃん?」

と訊くと、コックリ肯《うなず》く。「——ね、お願いだ。家へ帰って、ネジ回しを持って来てくれないか」

「ネジ回し……?」

「お父さんがよく使ってるだろ? クルクル回して、ネジを入れたり外したりするやつだよ」

「知らない……」

「じゃ、何か……何でもいい! カナヅチでも、ペンチでも。何かそういう鉄でできた道具を、持って来てくれ! 頼むよ」

男の子は、何となく疑わしそうな目で鈴谷を見ていた。

「手錠かけられるのって、たいてい悪い奴だよ」

「僕は違う。——ね、分るだろ? もし僕が悪い奴なら、とっくにお巡りさんが来て連れてってる。そうだろ?」

男の子は、すっかり納得したわけではないようだったが、

「じゃあ……何か持ってくる」

と言った。

「うん！　頼むよ」

と、肯いて、「今、お母さんとか、おうちにいないのかい？」

「買物だよ」

「そうか。じゃ、君が何とか道具を見付けてくれたら、悪い奴を追いかけられるんだ！」

この言葉は、男の子の冒険心を刺激したようだった。

「取ってくる！」

と言うなり駆け出して行く。

「お兄ちゃん！　待って！」

女の子が、急いで兄の後を追って行った。

――これで、うまくドライバーを持って来てくれたら……。ネジの一、二本さえ外すことができたら、この手錠など、簡単に外せるだろう。

今度の数分は、期待と絶望の入り混った微妙なものだった。――頼む。早く戻って来てくれ！

そのとき、隣の窓から、あの女の声がした。

「上ってかない？」

帰って来た！――鈴谷は息を殺した。

一緒に出かけた二階の女と話しているのだろう。

「電話がかかることになってんの」

「あら、そう。それじゃ——」

「そうだ。上へいらっしゃいよ。昨日もらったゼリーがあるの。冷えてるから」

「あら、じゃ行こうかしら。待ってね。冷蔵庫へ入れちゃうから」

ガタガタと音がして、

「——ね、さっきの刑事さん、どうしたかしら」

「ああ、そうね。もういないでしょ。覗いてみる？」

「あ、時間だ。行きましょ。電話がかかってくるの」

「へえ。彼氏から？」

「何言ってんのよ」

二人の笑い声が出て行き、ドアが閉る。

——鈴谷は心臓が止るかと思った。

これで、あの男の子が——。

足音がした。

「これしかないんだ！　道具って、高い戸棚に入ってんだもん」

男の子が真赤な顔で息を弾《はず》ませて差し出したのは、ハサミだった。

鈴谷はがっかりしたが、かなり大型のハサミである。刃の所を使えば、ネジを外せるかもしれない。

「ありがとう！　助かるよ」

と、鈴谷は手を出した。

すると、女の子がボールを拾い上げて、

「あ、パンツだ」

と言った。

ボールが、ちょうど落ちていたショーツのそばに転っていったのだ。

女の子が、面白がって、そのショーツを手にして兄へ見せた。

一瞬、鈴谷の表情がこわばるのを、男の子は見ていた。――女もののパンツ。

男の子の表情が変った。

「それ、捨てとけ」

と、妹へ言う。

「可愛いパンツだよ」

「捨てとけって！」

男の子は、ハサミを地面へ投げ出すと、「行こう！」

と、妹の手をつかんで駆けて行った。

「待って――」

と呼び止めかけて、声をあの女たちに聞かれるかもしれないと思い付いた。

二人の子供は行ってしまった。

ハサミは投げ出して行ったが……。鈴谷は、足の先を伸して、何とかハサミを引き寄せようとした。――あとほんの数センチで、届かないのである。

畜生！　――どうしてこうツイてないんだ！

あと少し……。あと少し……。

手錠が左手首に食い込む。痛みに目がくらんだ。汗が目に入る。

足先が、ハサミの柄《つか》に触れた。

「あなた」

と、声がした。

鈴谷は、信忍がそこに立っているのを見て、

「――やあ」

と言った。

信忍は、投げ捨てられたショーツと、ハサミを見た。

「信忍、そのハサミを……」

「知ってたわよ」

信忍の言葉に、

「何だって？」

と、思わず訊き返していた。

「学校の古いファイルの箱の底へ、隠してあるショーツ……。二十枚近くあるでしょ。刈田さんのだったの、全部？」

「信忍……」

信忍は手錠でつながれた左手を見て、

「それは、刈田さんが？」

「うん……。俺だと知らずにやっていったんだ」

「知らずに？——本当に？」

「うん。俺の顔を見てない。信忍、お前どうして——」

「刈田さんがここに住んでることは調べてたのよ。あなたがよくあの人の話をするんで……。でも、まさか、こんなこと……」

「頼む。そのハサミを取ってくれ。何とかしてこれを外さなきゃ。それから、ゆっくり話そう」

信忍は、肩を震わせてすすり泣いたが、すぐに抑えると、ハサミを拾い上げた。

「これで外せるの？」

「ネジの所へ刃を当ててみてくれ。少しでも回れば……」

「血が出てるわ」

「ああ……。何とか外そうとして。だけど、頑丈《がんじょう》なんだ！」

と言って、「しっ。上の階で、おしゃべりしてる女たちがいる。聞かれたら大変だ」

信忍はハサミの刃の部分を手錠のネジにあてがったが、ネジの頭が平らで、うまく溝《みぞ》にはまらない。

「――子供たちが飛び出して来たから、何だろうと思って見に来たの。――だめだわ」

信忍には、手錠の位置が高すぎるせいもあった。

鈴谷は、自分でやろうとした。しかし、汗をかいた手では、ハサミが滑り、力が入らない。

何度もためす内、ハサミが滑って飛んで行ってしまった。

「畜生！　――そうだ、車で来たのか？」

「ええ」

「車の中に何かないか？」

「さあ……」

「捜してみてくれ！　急いでくれ」

信忍は、駆け出した。

夫の、あの惨《みじ》めな姿を見て混乱していたが、しかし、今は人に見られない内に何とか連れ帰らなくてはならない。

あんな状態で見付かったら……。むろん、仕事は失う。TVの、あの馬鹿《ばか》げたワイドショーが大喜びで取り上げるだろう。

〈元教え子の下着を盗んでいた高校教師、手錠をかけられる！〉

といったタイトルがTV画面一杯に出て、このアパートと、信忍たちの家も映る。夫の顔がTVに出るだろう。二度と外出なんかできなくなる。

そんな……。そんなひどいこと……。

車へ駆け寄ろうとしたとき、さっきの男の子と女の子が、駆けて行くのが目に入った。

「お兄ちゃん、待って！」

と、女の子が叫んでいた。

「うちへ帰ってろよ！」

と、兄の方が怒鳴《どな》る。

「いやだ！　お巡りさん、呼んでくるんでしょ？」

「いいから、帰ってろって！」

信忍はゾッとした。

急がなくては！　――車の中を捜したが、都合良くドライバーなど見付かるわけもない。

子供たちはもう見えなくなっていた。
お巡りさんを呼んでくる……。もし本当に交番に行っているのだとしたら……。
信忍は、よろけるように、アパートの裏へ戻って行った。
「——信忍、どうだ？」
と、夫が押し殺した声で訊く。
信忍は黙って首を振った。
「畜生！　何とかしなきゃ……。この手すり、壊せないか？　——信忍。——信忍」
信忍は聞いていないようだった。
地面に落ちていたハサミを拾うと、汗の浮ぶ顔を、夫の方へ向けた。
サイレンが聞こえた。
パトカーだ！　ここへやって来るんだわ！
信忍は、ハサミを握りしめた。

5　愛

「暑いわよ」

と、靖代は言って、ドアを開けた。

「いいさ」

浦川が中へ入って、「どこにいても暑いよ。夏だもの」

「待って」

靖代は明りを点けた。——カーテンを引こうとして、ふと身がすくんだ。

あの手錠をかけた男はどうしたろう?

こわごわレースのカーテンを開けてみると、暗がりの中、手すりの下にぶら下っている手錠の端の部分が白く光った。

いなくなったんだ。靖代はホッとした。カーテンを引くと、振り向いて——いきなり、上って来ていた浦川に抱きしめられていた。

唇を奪われ、きつく抱かれると、そのまま体が燃え立って溶けてしまうようだった。

「汗かくわ……」

と、息を弾ませて言った。

「後で流せばいいさ」

と、浦川は上着を脱いで落とす。

「物好きね、私たち」

と、靖代は少し上ずった声で言う。

「暑い中で、ってのも、いいもんだよ」

浦川は、靖代を畳の上へ寝かせた。

「痛いかな?」

「布団の上じゃ……汗吸って大変だわ」

靖代は、ごく当り前のことのように、浦川の手で服を脱がされて行った。

「明りを――」

「点けてあってもいいだろ?」

「別にいいけど……」

と、ため息をついて、靖代は浦川を抱き寄せた。

——外回りの仕事は、結局夜七時過ぎまでかかった。

最後の一件が、相手の担当課長が外出していて、その帰りをぼんやりと待っていたのである。

浦川は会社へ電話を入れて、直接帰ることにしておいてから、靖代を夕食に誘った。

そして、帰りにアパートまで送って来たのである。

こうなることは何も話さなかったが、予測できていた。きっとこうなるだろう、と思っていた。なってほしい、とも？　——そこまでは靖代にも分らなかったが、今、ともかく靖代は後悔していなかった。

ルルル。——ルルル。

遠くで電話が鳴っている。

暑い部屋の中で、汗に濡れた肌が光っていた。

「お隣かしら」

と、靖代は言った。

「うん？」

浦川は、ウトウトしていたようだった。

「眠ってたの？　この暑い中で、よく眠れるわね！」

と、靖代は笑った。

「僕は田舎が九州だからね。暑いのは平気さ」

と、欠伸《あくび》をして、「――あ、僕の携帯かな?」

と、起き上る。

「これ」

と、靖代は浦川へバスタオルを渡した。

「ありがとう」

バスタオルで軽く汗を拭いて、浦川は自分のバッグを開けた。

ルルル、と大きな音。

「やっぱりだ。――はい、浦川です」

営業の人は大変だ、と靖代は思った。

携帯電話も、持たされているのである。

「――ああ。――うん、遅くなってね。どうした? 大丈夫か」

声音が変る。

靖代には分った。片倉祥子だ。

「――うん。――それで?」

浦川は、畳の上にあぐらをかいた。

靖代は、そっと立って、バスルームへ行こうとした。

「――何だって？」

浦川の声が一瞬高くなり、靖代もびっくりして振り向いた。

「――ああ。――分った。――うん、行くよ。――いいんだ。じゃあ……」

浦川が電話を切る。

靖代は、裸身の上にバスタオルをもう一枚出して巻きつけた。

「祥子？」

「うん」

「具合が……」

「うん」

「流産したの？」

浦川が靖代を見た。

「何も言ってなかったんだ。――知らなかった。本当だよ」

「分ってるわ」

と、肯いて、「早く行ってあげて」

「うん……。ごめん」

「シャワーだけ浴びて。汗が臭《にお》うわ」

なかった。

「そうするよ」

浦川は、手早くシャワーを浴びて、服を着ると、帰って行った。ほとんど口をきくこともなかった。

「タクシー、呼ぶ?」

と靖代が訊《き》いて、

「いや、途中で拾う」

と、浦川が答えて、それだけだった。

玄関の鍵をかけると、靖代はペタッと畳に座り込んで、しばらく動かなかった。

男に抱かれるのは初めてではなかったが、何年ぶりかではあった。

浦川とこうなるとは、正直なところ意外だったが、抱かれて、「この人を愛しているのかもしれない」と思ったとたん、彼は行ってしまった。

そして、むろんもう戻っては来ない。

祥子と浦川がどうなるかは、靖代にも分らないが、たとえ別れたとしても、靖代は二度と浦川と寝るわけにいかない。

祥子への友情から? ——それはよく分らなかったが、少なくとも靖代の中では、けじめをつけておかなくてはならなかった。

「——一夜の夢、か」

と呟《つぶや》くと、靖代は立ち上った。

一時間かけて、ぬるめのお風呂にゆっくりと浸《つか》り、浦川との記憶を洗い流した後、靖代はパジャマを着て、部屋の明りを消すと、カーテンを開け、窓を開けた。

外の方が涼しいわけでもなかったが、気分的な解放感があった。

少し外の空気を吸っている内、ふと手錠のことを思い出した。

外しておこう。明日になって誰かが見たら妙に思うだろう。

部屋の明りを点け、引出しに入れておいた鍵を出してくると、窓の所にかがんで、手錠の鍵穴へ差し込んだ。

え？――一瞬戸惑う。

重いのだ。手錠だけで、こんなに重かったかしら？

引き上げて、部屋の明りの中でそれを見た靖代は、

「ワッ！」

と叫んで、それを投げ出していた。

畳の上に手錠が落ちた。

手錠だけではない。手錠をかけられた手首が、畳の上に落ちていたのだ。

これ……何？　作りものの手を、いたずらか仕返しに残して行ったのだろうか？

そう、きっとそうだ。

靖代は、犯人が、びっくりさせられた腹いせにやったのだと思った。

そしてこわごわ近寄ってみたが……。

靖代は、流しへよろけながら駆け寄って吐いた。

あれは——本当の人の手首だ！

ぎざぎざに切り離された手首は、すでに固まった血で黒く光っており、部屋の明りの下、まるで今にも動き出しそうなほど、生々《なまなま》しく見えた。

靖代は、ズルズルと座り込んで、震えが止らず、長い間動くこともできなかった……。


「——ええ、昨日少し無理しちゃったみたいで」

と靖代は言った。「じゃ、ごめんなさい。今日一日、休ませてもらうので」

「ご心配なく」

と、隣席の子が言った。

「それと——もしもし」

「え？」

「片倉さん……来てる？」

会社へ電話を入れて、休みをとる旨《むね》、頼んだところである。

靖代の目の下には、くまができていた。

「祥子？　休みよ。何だか知らないけど、二週間くらい休むんですって」

「そう……。心配ね。——ありがとう。それじゃ」

靖代は、電話を切った。

少し曇った日で、暑さは相変らずだった。

ほとんど眠らなかった靖代は、立ち上るとめまいを起しそうになって、出社を諦《あきら》めたのである。

玄関のチャイムが鳴って、出てみると、制服の警官が立っている。

「——何でしょうか」

パジャマ姿の靖代を見て、

「失礼。出直します」

と、若い警官が赤くなっている。

「あ、いいんです。——何か？」

「はあ、実は昨日の午後、この隣の社宅の子供が交番へやって来まして」

「子供？」

「はい。お宅の窓に、男が一人、手錠でつながれていると言うんです」

と、警官は言った。「まさか、と思ったんですが、熱心に言い張るので。——そのときは、目と鼻の先で交通事故がありましてね、てんてこ舞いだったんで、後で見に行くから、と帰したんです」

「そうでしたか」

「何かお心当りが――」

「はい。私が手錠でつないだんです」

靖代の言葉に、警官は目を丸くしたが、話を聞いて、

「――なるほど。いや、それは大した機転ですね」

「恐れ入ります」

「で、その男は？」

「さあ……。帰宅が夜遅くなったんですけど、そのときはもう逃げた後でした」

「それは惜しいことをした。早く駆けつけておれば……」

と、靖代は言った。

「いえ、下着を盗られただけですし。あれでこりて、もう来ないでしょうし」

「それもそうだ」

と、警官は笑った。

「あの……その子供たちは犯人を見たわけですね。どんな男だと言ってましたか」

「ええ、見たといっても、小学生の言うことですから」

と首を振って、「ただ、そんなに若くなかったと言っていました。髪が大分《だいぶ》白くなってい

たそうで。下着泥棒は若いのが多いんですが、珍しいです。事実なら」

「そうですか」

「――じゃ、またもし被害にあうようでしたら、おっしゃって下さい」

「ありがとうございます」

靖代は礼を言って、警官を送り出し、ドアを閉めた。

髪が白くなって……。

靖代は、部屋の真中に立ちつくした。

「まさか……」

と、靖代は呟《つぶや》いた。

急いで着替えをし、外へ出ると、アパートの裏へ回った。

窓の下に立って見下ろすと、雑草が黒く汚れている。血のあとだ。

靖代は、柔らかく盛り上った土を、掘り返した。――ビニールにくるんだものが出て来て、思わず左右へ目をやる。

靖代は、青ざめた顔でその包みを開けた。

悪夢のようだが、昼の明りの中で見ると、却《かえ》って恐怖は薄れる。

手首は、今でも何かにつかみかかろうとする表情を見せていた。

靖代は、その左手の手首を見て、くすり指にはめた鈍い銀色の結婚指輪に初めて気付いた。

どこかで見たことのあるリングだ。——そう、髪が年齢の割には白い男で、このリングをしていた男……。

「先生……」

と、靖代は呟いた。


「——はい」

玄関が開いて、夫人が立っていた。

「奥様ですね。刈田さん。私——」

と、信忍は会釈した。「この間はどうも」

「あの……学校へお電話しても、お休みとうかがって」

「ええ、そうなんです。——どうぞ」

信忍は靖代を上らせて、お茶を出した。

「——先生、どうかなさったんですか」

と、靖代が訊く。

「ええ、実は事故に遭《あ》いましてね」

と、信忍は言った。

「事故？」

「ええ。自転車に乗っていて、車と接触したんです」

「それで……」

「車に左手をひかれたんです。左の手首から先を潰《つぶ》されてしまいました」

「まあ」

「車は逃げてしまって、捕まっていません。出血のショックで、主人は一時危かったんですけど、何とか危いところは乗り切りました」

信忍は、やや頰《ほお》に赤みがさし、目は輝いて見えた。

「そんな大変なことだったんですか」

「ええ。――とりあえず、学校の方は長期のお休みをいただきました」

と、信忍は言った。「私も以前教師でしたから、何とかもう一度仕事を見付けて働くつもりでいます」

「そうですか……」

「でも、私、却《かえ》って良かったのかもしれないと思っていますわ」

「良かった？　なぜでしょう」

「私がいなければ、あの人はやっていけないんです。あの人のために、私は働かなきゃならないんです。あの人を支えてあげられる、――それは、とても嬉《うれ》しいことです」

信忍はそう言って、じっと靖代を見つめた。

「分ります」

と、靖代は肯いた。

「分って下さって、嬉しいですわ」

――靖代は、信忍の目に見える、以前にはなかった輝きを、驚きと共に見ていた。

あの状況で捕まるよりは……。信忍が、きっとやったのだ。

鈴谷にとっても、すべてを失うより、手首を失う方がましだったろう。

しかし――しかし、いくら追い詰められたとはいえ、自分にあんなことがやれるだろうか？

靖代には、むろん今さら鈴谷を告発するつもりなどない。

信忍は、真直ぐに靖代を見ている。

ふと、靖代は背筋が寒くなった。

もし、どうしても鈴谷を訴える、とでも言ったら、信忍はどうするつもりなのだろう、と考えると、一瞬ゾッとしたのである。

「――当分、主人は入院生活になります」

と、信忍は言った。

「分りました。どうぞお大事に」

靖代はそう言って立ち上ると、玄関の方へ行きかけて、

「あ……。お返しするものがあったのを、忘れていました」

と、バッグを開けた。

「何でしょうか」

「これ……」

紙にくるんだ小さな物を、信忍の手にのせる。

信忍は包みを開けて、手を止めた。

「――先生の結婚指輪ですよね」

信忍は、それを取り上げて、

「そうです」

と、肯いた。「――そうです」

「大事な物だと思ったので、お返しにあがりました。それじゃ、これで」

玄関で靴《くつ》をはいて、外へ出ようとすると、

「刈田さん」

と、信忍が言った。「――ありがとう」

「いいえ」

微笑んで、靖代はドアを開けた。

暑い午後だった。太陽が出て、ジリジリと照りつけている。

しかし、靖代はどこか爽《さわ》やかな、涼しいものを感じていた。

あまりに異常な方法だったとしても、あの手錠は鈴谷と信忍の二人をつなぎ合せたのだ。

信忍は、夫に必要とされることで、生きがいを見出したのだ。

しばらく行って振り返ると、信忍が外に出て見送っている。

靖代が会釈すると、信忍は深々と頭を下げた。

——靖代はまぶしい日射《ひざ》しに目を細くしながら歩き出した。

暑さが、それほど辛《つら》くなくなっている。

歩きながら、ふと無意識に右手が左手首をさすっていた。そこに確かにあることを、確かめようとするように。

天使の通り道

1

昼、正午のチャイムがオフィスの中に鳴り渡った。

「あれ？」

柏木康男《かしわぎやすお》は顔を上げ、それから自分の腕時計を見た。——十二時だ。間違いない。

空耳《そらみみ》でも何でもない。あんなにはっきりとチャイムみたいに聞こえる耳鳴りというのもないだろうし、現に同僚たちは席を立って我先《われさき》にと昼食をとりに出て行く。

この辺《あた》りは、安く昼を食べられる店が少なく、大変な混雑になるので、一分でも早く駆けつけて列に並ぼうというのだ。いつもなら、柏木だって他の連中に後《おく》れは取らない。

ここはビルの五階。エレベーターで下りていては出遅れるというので、サンダルの音もけたたましく、みんな階段を下りて行く。

今も、遠く雷鳴《らいめい》のように聞こえるのは、「サンダルの群《むれ》」である。

しかし——柏木は席から動かなかった。

「おかしいな……」

と呟《つぶや》いて、もう一度腕時計に目をやる。

何度見たって、違うわけがないのだが。

お昼休みになると、オフィスは一旦《いったん》ほとんど空っぽになる。そして数分すると、お弁当持参の女の子たちが湯呑《ゆのみ》茶碗を手に戻って来て、そこここに五、六人ごとのグループができ、にぎやかなおしゃべりが始まる。

同時に、TVが点《つ》けられて正午のニュースが放映され、話題を提供することになる。

男性社員で残っているのは、ほんの数人。弁当持参の何人かと、部下の女の子にお弁当を買いにやらせる管理職くらいのもの。

「――柏木さん、お昼、食べに行かないの?」

と、向いの席の水谷志津《みずたにしづ》がお茶をいれて戻って来て言った。

「行くよ」

と、柏木は答えて、「ちょっと――電話を待ってるんだ」

と、出まかせに付け加えた。

「あら、大変ね。私、聞いといてあげようか?」

水谷志津は柏木より一つ年下の二十八歳だが、短大出なので、この職場では先輩ということになる。柏木も入社当時、水谷志津に色々教えてもらったものだ。

今や、新人の女の子たちの「教育係」のような立場である。

「いや、いいんだ。ありがとう」

「お茶、いれて来てあげるわよ」

「ああ、でも——」

と、言いかけたとき、受付の方に彼女の姿が見えた。

「——今日《こんにち》は」

地味なグレーのワンピース姿の彼女は、少し息を弾《はず》ませてやって来ると、「遅くなってすみません」

と、頭を下げた。

水谷志津は、なるほど、という顔で、

「お昼ご飯より犬山《いぬやま》さんか」

と、笑った。

「何が？」

「何でもないわ」

と、冷やかすように言って、水谷志津は一緒《いっしょ》にお昼を食べる仲間たちの方へ、自分のお弁当を持って、行ってしまった。

「お昼休みになっちゃいましたね」

と、犬山ゆかりは言った。「——いいんですか、食べに出なくて」

「ああ、いいんだよ。ちょっと――電話を待ってるんでね」

と、同じ言いわけをくり返し、我ながら能がないと思っている。

「それなら良かった」

と、犬山ゆかりは微笑《ほほえ》んで、いつもさげている大きなショルダーバッグから、分厚いノートを取り出した。「待っていて下さったんだったら、申しわけないと思って」

待ってたんだよ、と柏木は心の中で言った。しかし、たった今、「電話を待っている」と言ったばかりだ。まさか、

「今のは嘘《うそ》だ」

とも言えない。

一体《いったい》何を考えているのか、と思われてしまうだろう。

「ご注文を伺《うかが》っていいですか？」

と、犬山ゆかりはボールペンを手に訊《き》いた。

――柏木は、この社員五十人ほどの輸入会社の庶務《しょむ》に入社以来勤めている。大学の文学部で、特別な技能や資格を身につけて来ていない身では、叔父《おじ》のコネでこの椅子《いす》を手に入れるのがやっと、というところだった。

このところの不景気で、柏木も首筋に寒い風を感じることもないではない。しかも、二十九歳で独身。やはり家族持ちに比べると、不利である。

「犬山君の所は、合理化とかって話はないの？」

「人減らしですか？　怖いから、考えないことにしています」

と、微笑む。

犬山ゆかりが毎日ここへやって来るようになってから、もう何年になるだろうか？

事務用品の細々《こまごま》とした物を納《おさ》めている小さな会社で、このビルから歩いても五分ほどの所。もっとも、柏木は表を通るだけで中へ入ったことはない。

ゆかりはこうして毎日、柏木の所へ注文を取りに来る。むろん、ここだけではない。この辺り一帯のビルをせっせと一日中歩き回っているのだ。

電話かファックスで注文を受ければいいと思うのだが、客の数が多すぎて、電話がつながらないとか、ファックスの紙代がもったいないとか——。

要するに、こうして犬山ゆかりが注文を訊《き》いて回った方が「安く上る」というわけだった。

そして、実際、ゆかりはこういう細かく根気のいる仕事には向いていたのだろう。——特に時間に几帳面《きちょうめん》なことには、柏木だけでなく誰しもがびっくりする。

十一時四十五分。——犬山ゆかりは必ずここへやって来ていた。

そして、柏木から注文を聞き、二言三言世間話をして、お昼のチャイムを聞くと席を立つ、というのが決りだった。

それが今日に限って——。

柏木が心配したのも、ゆかりのことを知っている人間なら納得してくれたに違いない。

「——ありがとうございました」

ゆかりはノートを鞄《かばん》にしまって、「柏木さん——」

沈黙が……。二人の間に、しばらく無言の状態が続いた。

柏木は、ちょっと面食らって、

「——どうした?」

と、訊いた。

ゆかりの目が自分の方を向いていないことに、柏木は気付いた。

どこを見てるんだ? ゆかりの視線を追うと、オフィスの棚の上に鎮座しているTVに行き当る。お昼のニュースの時間で、アナウンサーが真面目《まじめ》くさった顔でカメラを見てしゃべっている。

「何だろうね」

と、柏木もTVを見ながら、「事件かな」

——犯人はK公園の近くで目撃されたのを最後に、行方《ゆくえ》が分っておりません。

アナウンサーはそう言っていた。

「手配中の容疑者、後藤法夫《ごとうのりお》は勤め先の金庫から現金を盗もうとして、経営者、今川道也《いまがわみちや》氏の夫人、伸子《のぶこ》さんに見付かり、これを殺害したものと見られています。目撃されたK公園の近辺では警官が出て大がかりな検問が行われています……」

TVの画面には、警官が公園のトイレらしい所を調べている様子、それを不安げに眺《なが》めている、買物帰りの主婦たちの姿が映し出されていた。

「物騒《ぶっそう》だね」

と、柏木は言って、「そういえば、犬山君の住んでるのって、K公園の近くじゃなかった？」

ゆかりは、柏木の言葉が耳に入っていても、何だかぼんやりしていて、

「――え？」

と、訊き返しておいてから、「あ――そうです。割合と近所で」

「そうか。用心した方がいいよ」

「はい。――あの、これで失礼します」

と、ゆかりはいやに落ちつかない様子で立ち上る。

「でも――」

と、柏木はつい言いかけていた。

何か言いかけてたじゃないか。そう言おうとして、でも、ゆかりが心ここにあらずという気配だったので、「明日でもいいや」と、思い直した。

「何か？」

と、ゆかりが訊く。

「いや。――いいんだ」

「今日、月末ですね。ご請求は、今日でしめて、後ほど」

「うん。そうしてくれ」

「じゃ、失礼します」

「ご苦労さん」

柏木は、犬山ゆかりが足早《あしばや》に行ってしまうのを、ぼんやりと見送って、それから机の引出しをそっと開けた。

映画の前売券が二枚、入っている。ちゃんと金を出して買って来たものだ。もちろん、犬山ゆかりに、

「ちょうど、この券をもらったんだけどね。良かったら、行かない？」

と言うつもりで。

何も、失礼なことでもない。向うも独身で、こっちも独身。映画に誘うぐらいのことがどうというものでもない。

それなのに……。

柏木は肩をすくめて、

「――明日がある」

と、自分へ言い聞かせるように呟《つぶや》くと、引出しを閉じた。

柏木が昼を食べようと、財布《さいふ》を手にオフィスを出てエレベーターの前に立っていると、

「あら、今からお昼？」

水谷志津が、やって来る。

「うん。もう食べ終ったのかい？」

「そうよ。量を減らしてるしね」

と、微笑《ほほえ》んで、「食後のコーヒーでも飲みたいな、って思ってたとこ。一緒に行ってもいい？」

「ああ。もちろん」

「じゃ、お昼も手軽に食べられる、って所を教えてあげる」

水谷志津にやおら腕を取られたりして、柏木は面食らった。――どうしたんだ、今日は？

「犬山ゆかりさんのこと、好きなの？」

コーヒーカップを手に、水谷志津が訊いた。

訊かれた柏木の方は、せっせとスパゲティを食べているところだ――。危うくむせ返るところだった。

「いや……。別に、好きって――まあ、いい子だなとは思うけど」

と、口ごもっていると、水谷志津は笑って、

「訊くまでもないわよね。いつもあの人がうちの社へ入って来るとき、柏木さんの見せる表情、見てれば誰にだって分る」

柏木にとっては、意外な言葉だった。

「誰にだって分る？　――僕、そんな顔してるかい？」

「してるわよ」

志津は言いたいことをはっきり言う。

「そうか……。しかし、向うにその気はなさそうだからね」

と、肩をすくめて食事を続ける。

「それはどうかしら」

と、志津は言った。「人の心の中は、覗《のぞ》いてみなきゃ分らないのよ」

「覗いてみるったって……」

「それに、柏木さんだって、彼女にそうは言ってないわけでしょ？　はた目にはともかく、直接の相手にとっては、言ってくれなきゃ分らないものよ」

「――そうかな」

柏木は、水谷志津の言葉に胸が熱くなった。

「ありがとう。君は親切だな」

「先輩としての忠告」

と、志津は少し照れたように言って、「あ、私、戻るわ。コーヒー飲めたし」

「あと……十分か。じゃ、僕はこれを食べちまってから戻るよ」

と、柏木は言った。「コーヒー代くらいは持たせてくれ」

「ありがとう」

志津はニッコリと笑って、「そんな顔しないで。希望を持つのよ」

と言うと、足早に店を出て行く。

柏木は、スパゲティの残りをアッという間に平らげ、コップの水をガブ飲みして、席を立った。

——こんな所にこういう店があったのか。

支払いをしながら、男はたいてい知っている店にしか行かないのに、女はどんどん新しい場所を開拓していくのだ、と思った。知らぬ間に、自分の世界を狭くしているのかもしれない。

そうだ。水谷志津の言うように、何もしないで諦《あきら》めていても仕方ない。思い切って打ち明けてみることだ。

どう返事してくれるか。それは予想しても始まらない……。

柏木は表に出た。お昼休みはあと五分。今から戻ればちょうどいい。

歩き出しかけた柏木の目の前を、スッと――犬山ゆかりが通って行った。

2

「何ですって？」

電話の向うで、水谷志津が呆《あき》れたように声を上げた。「――じゃ、今、犬山ゆかりさんのアパートにいるの？」

「ね、大きな声を出さないでくれ」

と、柏木はあわてて言った。

「大丈夫。今、周《まわ》りは人がいないから。だけど――」

「彼女のアパートにいるんじゃない。アパートの見える所だ」

と、訂正しながら、柏木は大分《だいぶ》古ぼけたそのアパートの方へ目をやった。

「それにしたって――。一時になっても戻って来ないから心配したのよ。事故にでも遭《あ》ったのかと思って」

「すまん。正直言って、自分でもびっくりしてるんだ」

柏木の言葉に、水谷志津は笑い出してしまった。

「変な人ね！　でもまあ、たまにはいいでしょ」

「すまないね。適当に、気分が悪くて早退したとか言っといてくれないか」

「何とかするわ」

と、志津は引き受けて、「でも、何ごとなの？　犬山さんの様子がただごとじゃなかったって」

「うん。事情はよく分らないんだ。でも、確かに普通じゃなかったんだよ」

我ながら、説得力のない説明だと思いつつ、言っていた。

「柏木さんがそう言うんだから、よほどのことね」

「——どういう意味だい、それ？」

「いいの。ともかく、犬山さんもお昼で早退したってことね」

「うん。そういうことだ。顔色も良くなかったけど、病気って感じじゃなくてね。気が気じゃない様子で、急いで駆けてったんだ」

——そう。思い過《すご》しと言われたら、柏木も引き下がるしかないが、こうしてとっさの判断で犬山ゆかりについて来てしまったことを、後悔してはいなかった。

自分にこんなことができる、というのは新しい発見だったが……。

「じゃ、その後のことはまた教えてね」

誰か来たらしく、志津は小声になった。

「分った。よろしく」

「高くつくわよ」

と、いたずらっぽく言って、志津が電話を切る。

柏木はとりあえずホッとした。

水谷志津に任せておけば大丈夫。それにしても——ちゃんと上着を着込んでおいて良かった。

いつもの近くのソバ屋へでも行っていたら、サンダルばきだっただろう。水谷志津に誘われて、少しこぎれいな店へ行くというので、上着も着込み、ちゃんと靴をはいている。犬山ゆかりを思い切って尾《つ》けて来たのは、そのせいでもあるのだ。

さて……。

ここまでやって来たものの、これからどうしたらいいか、となると柏木には何の考えもないのだった。

いきなり、ゆかりの部屋を訪ねるのもためらわれた。

もちろん、心配してやって来たと言えば、分ってくれるかもしれない。しかし、どうしてこのアパートが分ったのかと問われたら……。

人間、誰しも後を尾けられたら、あまりいい気持はしないだろう。

腕時計を見ると、ゆかりがこのアパートへ戻ってから三十分ほどたっている。

どうしたらいいか、心を決めなくてはならない。いつまでもこの辺をウロウロしていたら、「怪しい奴」とでも思われるだろう。

思い切って、行ってみるか。妙な言いわけなどせず、本当のことを話して、向うがどう思うかに賭《か》けるのだ。

そうだ。「振られてもともと」だと思っていれば――。

やっと決心がついたところで、また出鼻を挫《くじ》かれることになった。

そのアパートから、犬山ゆかりが足早に出て来たのである。

柏木は、あわてて今電話をかけていたボックスのかげに隠れた。ゆかりは柏木のことなど全《まった》く知らないようで、急いで行ってしまう。

ゆかりの様子は、やはり普通ではなかった。少なくとも、柏木の目には、そう見えたのである。

どこか思い詰めたものが感じられ、歩き方にしたところで、いつもの彼女のものとは違う。――いや、果《はた》してどこまで犬山ゆかりのことを知っているか、と問われたら、柏木としても返事ができない。

ただ、「恋する男」の直感――多分に希望的なものかもしれなかったが――で、ゆかりが今何か心配事を抱えており、誰かの助けを必要としているということを、柏木はとりあえず信じることにしたのである。

柏木は再び、今度は外出したゆかりの後を尾け始めたのだ。

「——馬鹿なことして!」

ゆかりの言葉がはっきりと聞こえて、柏木は一瞬、自分が言われたのかと首をすぼめた。しかし、そうではなかった。ゆかりの言葉は柏木に向けられたものではなかったのである。

実際のところ、柏木はあまり人に見られたくない格好をしていた。

スーパーマーケットの前の小さな広場。そこでは、子供たちが元気良く駆け回っており、また買物を終えた奥さんたちが、おしゃべりに時を忘れて、

「あら! いけない。冷凍食品買ったんだったわ!」

と、時々声を上げ、あわてて帰って行ったりする。

今、ゆかりはその小さな広場のベンチの一つに腰をおろしていた。同じベンチに、もともと男が一人、座っていて、はた目には居眠りでもしているように見えたのだが——。

ゆかりはスーパーで何やら買物をして紙袋を抱えて出て来ると、ブラリとその広場へ足を踏み入れ、そして何気ない様子でその男の隣に腰をおろした。

男とは少し間を空けて、全《まった》く目も向けなかったので、一見《いっけん》二人が知り合いだとは思えなかった。

――柏木は、ここまでゆかりを尾けて来て、スーパーの外で、彼女が出て来るのを待っていた。そして、彼女がベンチに腰をおろすのも、遠くから眺めていたのだ。

ところが、良く見ていると、ゆかりは隣の男の方を全く見ずに、しかし口を動かしていた。男の方はチラッとゆかりを見ていたが、うつむき加減にして、時折ボソッと何か言っている様子が見てとれた。

あの二人は知り合いなのだ。しかし、なぜあんな風に、知らない同士のようなふりをして、しかもしゃべっていることを周囲の人に気付かれないように用心しなくてはならないのか。

柏木は、何とかして二人の話を聞きたいと思った。その男のことも、もっと近くで見たいという気持になる。

で――我ながら信じられないようなことだが、今、柏木はゆかりたちの座っているベンチの裏側、植え込みの中に身を潜《ひそ》めて、何とか話を聞こうとしていたのである。

「――仕方なかったんだよ」

男の方の声は、ゆかりに比べると小さくて聞き取りにくい。しかし、何とか言っていることの見当はついた。

「仕方なかった、ですむの？　自分が今、どういう立場になってるか……」

ゆかりは腹を立てている。柏木の見たことのないゆかりである。

もちろん、ゆかりも人間なのだ。腹も立てるだろう。しかし、今の怒りようは、むしろ相手を気づかってのことに思える。

「よく分ってる。君には悪いと思ってるよ」

「そんなこと言ってるんじゃないわ。ただ——腹が立つのよ。自分の人生を、そんなことで台なしにして。私は——私はいいのよ、別に関係ないんだから。あなたの問題なんだからね」

「うん……」

男の方は、もちろん柏木の隠れている位置から顔を覗《のぞ》くわけにはいかなかったが、少なくとも声の感じではそう年齢がいっているとも思えない。

「——ともかく」

と、ゆかりは息をついてから言った。「この中に、食べる物とかが入ってるから。それに、安全カミソリも。ひげを当って。今のままじゃ、怪しまれるばっかりよ」

「うん……」

男の方は何だか声に力が入っていない。

「これから……どうするの?」

ゆかりの問いに、男が答えるより早く、

「——ね、見て!」

ゆかりが、緊張した声を上げた。

——どうしたんだ？

かがみ込んでいる柏木の目には、ベンチの背中しか見えない。

「立って。——私と腕を組んで歩くのよ」

と、ゆかりが言った。

「だけど——」

「黙って。今さら迷っても仕方ないでしょ」

ガサゴソと紙袋の音がして、「これ、あなたが抱えて。左手で。——そう。顔の辺りまで持ち上げてるのよ。さあ、行きましょ」

ベンチがギッときしんで、二人は立ち上った。

と、男の方がよろけたらしい。

「大丈夫？　しっかりして！」

と、ゆかりが励《はげ》ますように言って、二人の足音が遠ざかって行く。

柏木は、しばらく無理な姿勢をとっていたので、そう簡単には立ち上れなかった。

三十も近くなると、腰やら膝《ひざ》やらが痛くなることもある。日ごろの運動不足も、もちろん原因だった。

「よいしょ……」

やれやれ。こんなかけ声をかけないと立ち上れないんじゃ、困ったもんだ。

フウッと息をつきながら立ち上った柏木だったが……。

「——何してるんです、そんな所で？」

目の前に、けげんな表情の警官が立っていたのである。

3

もう、夕方近かった。

柏木は、ゆかりのアパートの前までやって来ていた。

下の郵便受で、ゆかりの部屋が二〇五号室だということは分っている。あの窓だろうと見当をつけて、表から見上げる。と、辺りが暗くなって、部屋に明りが点《つ》いた。

ゆかりがいるのだ。

どうしよう？　——柏木は、しばらく道にたたずんで、迷っていた。

警官は、例の殺人犯がこの辺りに隠れているというので、「怪しい奴」を見逃しはしなかった。柏木は散々しつこく色々と訊かれ（当然のことではあるが）、やっと放免になったのだ。

ベンチの後ろで何をしていたのかと訊かれて、とっさに、

「どこかの子供にメガネを取られて、放り投げられちゃって……。いや、今どきの子供はたちが悪いですね」

と、突拍子《とっぴょうし》もない言いわけを思い付いたのだったが……。

メガネなんか持ってもいない身、そのでたらめを押し通すのは大変だった。

それでも、柏木がその手配中の犯人――後藤法夫とかいった――と、年齢は同じくらいらしいが、見たところ全く似ていないというのが幸いだった。でなかったら、署まで引張って行かれたかもしれない。

警官は、持って歩いている写真を取り出して、ジロジロと柏木の顔と見比べた挙句《あげく》、

「こんなに太ってないな」

と、頭に来るようなことを言ったのだった……。

柏木は、その警官の手にしていた写真をチラッと覗《のぞ》いたのだが、確かに柏木に比べてやせた男だった。

やせた、というより、貧弱で、頼りなげなのである。――写真のせいもあるのかもしれないが、少し上目づかいに、人の顔色をうかがっているような目つき。見たところの若さと、老《ふ》け込《こ》んだ印象とはかなりのギャップがあった。

若いのに、「人生に疲れた」という気分がそこにはにじんでいたのである。

ポロンポロン……。何だか調子の狂ったオルゴールみたいな音が聞こえて来た。

「何だ？」

と、振り向くと、小型のトラックが一台、ノソノソと角を曲ってやって来る。

よくある八百屋《やおや》のトラック販売である。所によっては何台もがやって来るので、曜日で分けたり、テーマ音楽を決めて客を呼ぶのだ。

そのトラックは、ちょうどゆかりのアパートの前に停った。アパートから、財布を手にした奥さんたちが何人か、足早《あしばや》に出て来た。

もしかしたら——と、思った柏木が少し離れていると、やっぱりゆかりが二階からサンダルをカタカタ言わせながら下りてくる。

「あ、今日《こんにち》は」

と、よその奥さんへ挨拶《あいさつ》している。「今日はお大根、安いかしら」

「ええ、結構太いわよ。私の足なみ」

と、でっぷり太った奥さんが笑い、「ね、犬山さん、お宅に男の人、来てる？」

「え？　ああ。——従弟《いとこ》なんです。ちょっと用事で上京して来て」

ゆかりの説明は、スラスラと滑《なめ》らかである。

「ああ、そうなの。また、彼氏かと思ったわ」

「だといいんですけど」

と、ゆかりも一緒に笑って、「そうだわ。一人じゃないから、沢山《たくさん》材料買っとかなくちゃ」

男がいる。——さっきの男だろう。

二人の話の様子からみて、もちろん「従弟」なんかじゃないのははっきりしている。

すると——あの男はゆかりの所に泊るのか……。

柏木は何となく、こんな所でいつまでもボーッと突っ立っている自分が、ひどく間の抜けた存在に思えた。何をしてるんだ、俺は？

「——玉ねぎ、甘い？」

と、ゆかりは顔なじみらしい八百屋のおじさんに話しかけている。

「もちろん！　旨《うま》いよ！」

「この前もそう言って。えらく苦《にが》かったわよ」

と、ゆかりがにらむ。「うーん……。少し安くして。苦くても我慢《がまん》するから」

「ひでえなあ。これ以上安くしたら、首でもくくらなきゃ」

と、大げさに嘆いて見せながら、「ま、しょうがないか。次は倍高くしよう」

「そんなのないでしょ！」

と、ゆかりは笑って財布を開ける。「それと大根とね」

「はいはい」

——会社で見ているだけでは見えて来ない、ゆかりの「生きた顔」である。

柏木は、そんな彼女の活《い》き活《い》きした表情を眺《なが》めて、ふと、自分よりもあの八百屋の方が、ゆかりの自然な姿を見ているのだと思った。

俺が彼女のことを好きだと言っても、それは彼女の、「よそ行き」の顔だけを見てそう言っているに過ぎない。

そんなものは——と言ってしまうのは辛《つら》かったが——「恋」以前のものでしかない。

柏木は、財布から小銭を出しているゆかりを眺めて、ここから立ち去ることにした。そして、ふともう一度目を上げて、ゆかりの部屋の窓を見上げたのだが……。

カーテンが少しからげられて、男の顔が覗いていた。どんな顔かはよく見分けられなかった。

柏木は、ほんのわずかの間、その顔を見つめていた。すると、ちょうどそのときに、辺りの暗さで、街灯が自動的に点灯したのである。

青白い光が、一瞬その男の顔をはっきり照らし出し、男はハッとした様子でカーテンを戻した。

しかし、ほんの一瞬ではあったが、その男の顔を柏木はしっかり見てしまっていた。あの警官が手にしていた写真の顔、後藤法夫の顔を……。

全くね。

——TVの刑事物か何かだったら、ここで犯人と派手《はで》な撃ち合いでもあるのだろうが。それともカーチェイスか何か。

しかし、現実には、どんなにショックを受けることがあったとしても、人間は腹が空《す》くのである。特に二十九歳の柏木としては、夜の七時ごろともなれば、お腹がグーッと鳴り出す。

いささかドラマチックな緊迫感には欠けていたかもしれないが、犬山ゆかりのアパートの近くのソバ屋へ入り、カツ丼を食べることにしたのだった。

会社の近くで食べるのに比べると大分《だいぶ》安かったが、中のカツも、衣の分厚さ、肉の薄さで、安いだけのことはあると思わせる物だった。

「お茶、下さい」

と、アルバイトらしい女の子に頼んで——この子がなかなか可愛くて、柏木はカツのひどさを、いくらかは許すことができた——一息つく。

「お待たせしました」

と、お茶を注ぎに来てくれた女の子が言ったので、柏木はまた心の和《なご》むのを覚えた。

「ありがとう」

「ごゆっくり」

——ごく自然にそういう言葉が交わされる。

ほんのひと言添《そ》えることで、この世はずいぶん住みやすくなるのである。

――そんなこと考えてる場合じゃないだろ！

柏木は頭を振った。

後藤法夫。――勤め先の金庫から現金を盗み出そうとして、経営者の妻に見付かり、殺してしまった。

どうしてそんな男を、ゆかりは部屋に置いているのだろう？

あのベンチでの二人の会話も、事情が分ってみれば納得できる。いや、あのとき、警官がやって来なければ、きっとゆかりは買物の袋を渡して、そのまま別れていたのだ。

それが、警官がやって来て、二人で一緒にあの場を去らねばならなくなった……。

妙な話だ。しかし、ともかく今、殺人犯が犬山ゆかりの部屋にいることは確かなのである。

「――おい！　何だこのお茶は」

と、客の一人が文句をつけるのが耳に入って来た。

見れば、六十くらいの難しい顔をした男である。いつも不機嫌でいる内に、もとの顔がそのまま不機嫌そうになってしまった、という感じか。

「何か？」

と、あの女の子が急いでそのテーブルへ行く。

「こんなもんがお茶か！　色もろくについてないじゃないか！　こんなもの、ただの湯と同じだ。しかも、ぬるいと来とる」

「すみません、いれかえます」

と、女の子は素直に謝っている。

「ああ。ちゃんと葉っぱを使え」

無茶を言う奴だ、と柏木は腹が立った。お茶の葉をいちいちたっぷり使っていたらやっていけないだろう。

高級料亭というわけじゃないのだ。

それでも、あの女の子がいやな顔一つ見せず、お茶をいれかえるのを見て、柏木は感心した。

いや、そんなことを言ってる場合じゃないのだ。――これからどうしたらいいのか。

柏木が、注いでもらったお茶を飲んでいると（確かに、ほとんどお茶らしい味はしなかった）、

「さしかえます」

と、女の子が柏木の所へやって来た。

「あ、いいんだよ、僕は」

と、柏木は言ったが、

「せっかく新しくいれましたから」

と、女の子は一旦《いったん》中身をあけて、新しいお茶を注いでくれる。

これには、柏木もほとんど感動したと言ってもいい。

そして、ふと、この女の子をどこかで見たことがあるような気がした。

と、ポンと肩を叩《たた》かれ、びっくりする。

「水谷君！」

水谷志津が隣の椅子《いす》を引いて座ると、

「私、天ぷらうどんね」

と、女の子に注文して、「あなたがまだ犬山さんのアパートの前でウロウロしてるのかと思ったのに——。しっかりご飯は食べてたわけね」

「どうしていいか分らなくてね」

と、柏木は肩をすくめる。

「何があったの？　深刻そうね」

「もちろん！　——だけど心配するだけじゃどうにもならないしね」

「話してみて」

と、水谷志津は言った。

「しかし……」

と、柏木は少しためらって、「——とんでもない話なんだ」

と、声をひそめる。

「あの犬山さんが、とんでもない話？　ピンと来ないわね」

「うん、しかし本当なんだ」

「何なの、一体《いったい》？」

柏木は少し声をひそめ、

「実は……彼女の部屋に男がいた」

志津は、あれこれ想像していたようだが、柏木の言葉に拍子抜《ひょうしぬ》けの表情。

「何だ。そんなことぐらい、どうってことないじゃない」

と言ってから、「ああ、ごめんなさい。あなた、あの子が気に入ってたのよね」

「こっちの勝手な思い入れさ」

「そうすねてないで、何だっていうのよ？」

水谷志津に話していいものかどうか。柏木としては迷いがあった。

何といっても、ことは殺人事件である。

「――ここじゃ、ちょっと」

と、柏木は言った。「食べ終えたら、外へ出よう」

「ええ。いいわよ。――もったいぶっちゃって！」

と、志津は笑った。

冗談じゃないんだよ、と柏木は心の中で呟《つぶや》いた。

志津の天ぷらうどんもじきに来て、もちろん食べるのも十分もあればすむわけで……。

「——ごちそうさま」

柏木は二人分を払って、「さ、行こうか」

と、促《うなが》した。

「ごちそうになっていいの？　悪いわね」

二人が席を立っていると、ガラッと戸が開いて、

「——いらっしゃいませ」

と、あの女の子が言った。

「今晩は」

と、入って来た客が言った。「悪いけど、天丼、持って帰りたいんだけど」

——犬山ゆかりだった。

柏木たちには、全く気付かない。もちろん、こんな所にいるなんて思ってもいないだろうから。

「——十分くらいでできます」

と、女の子が言った。

「じゃ、待たせてもらうわ」

と、ゆかりは空いたテーブルの椅子《いす》を引いて腰をおろした。

柏木と志津は店の外へ出て、顔を見合せた。

「――びっくりした」

と、志津は目を丸くして、「待ち合せてたわけじゃないのね」

「そんなわけないさ」

柏木は、そう言ってふと、「――君、悪いけど……」

「どうしたの？」

「思い付いたことがあるんだ。すまないけど、待っててくれないか」

「いいけど……。柏木さん、どうするの？」

「ちょっと、会いたい人間がいるんだ」

と、柏木は言った。

我ながら無鉄砲だと思った。何しろ一人で殺人犯に会おうというのだから。

4

〈犬山〉という表札は、きちんとプラスチックに姓名が刻んである。

姓は〈犬山〉だが、その下に、〈ゆかり〉と〈小百合《さゆり》〉と二つの名前がある。

小百合？　誰だろう。

てっきり、ゆかりは一人で暮していると思っていたのだが……。

柏木は、ともかくドアを叩いた。

じきにドアが開いて、

「お帰り。早かったね」

と、あの写真の顔が出て来て、柏木を見るとハッとした。

「あの……」

「お話が」

と、柏木は言った。「僕は柏木といって、犬山ゆかりさんと、仕事でお付合いがある者です。後藤法夫さんですね」

名前を言われて、向うはギクリとする。

「ご心配なく。警察には知らせません」

と、柏木は言った。「上ってもいいですか？」

後藤法夫は、黙ってわきへよけた。

部屋へ上って、柏木はゾクッと背筋の寒くなるのを覚えた。何しろ、殺人犯と二人きりなのだ！

「――彼女は出かけてますよ」

と、後藤が言った。

ゆかりがあれこれ買ってやったせいだろう。後藤はあの写真の印象に比べると、大分《だいぶ》さっぱりして見えた。

「分ってます」

と、柏木は肯《うなず》いた。「そこのソバ屋で天丼を持って帰ると言って、頼んでますよ。きっと、あんたに食べさせるんでしょうね」

「丸二日、ほとんど食べてなかったもんでね。——眠ってもいなかった。ここで三時間ほど、死んだように眠って、やっと生き返ったところです」

後藤は、あまり「危険」とか「追い詰められている」というイメージではなかった。柏木だって、本当の殺人犯を他に知っているわけではないから、比較することはできないが。

「あんまり時間がない」

と、柏木が言った。「天丼は十分でできるそうだから。——僕は、ゆかりさんのことが心配なんです。あんたをこうして置いているだけでも、彼女は罪を犯していることになる」

「分ってます」

と、後藤はややむきになって、「もちろん——僕だって、承知してますよ、そんなこと」

目を伏せるのは、気が咎《とが》めているせいだろう。

「ゆかりさんとは、どういう関係なんですか?」

と、柏木が訊くと、

「ああ。関係って……。柏木さん、でしたっけ？　僕は彼女と恋仲でも何でもない。友だちではあります。幼なじみと言っていいのかな。小学校のとき一緒で——。同じ小さな町の出身でね。高校を出て、同じ年に上京して就職したんです」

後藤はちょっと肩をすくめ、「でも、お互い大した仕事にゃ就《つ》けなかった。僕は、会社ったって、一家でやってる自動車の修理工場で働いた。彼女だって、事務用品の店でしょ。——僕なんか、社長の子供の買物にまで荷物持ちでついて行かされて、薄給そのものですからね」

柏木は、チラッと腕時計を見て、

「その話はともかく——いずれ、警察に見付かりますよ。ここで捕まったら、ゆかりさんが——」

「じゃ、どこへ行けって言うんです！」

と、後藤は食ってかかるように、「僕だって悪いと思ってる。だけど、浮浪者みたいに公園で寝たり、残飯をあさったりするのなんて、いやだ」

「しかし、それは——」

「分ってますよ。人を殺したんだから、当然だって言いたいんでしょ。そりゃあね、確かに……。でもあれは……」

後藤は口ごもった。言いたいことをぐっとのみ込むようにして、黙った。

「――ともかく、ゆかりさんはよく働いてるんです。本当に誰もが感心するくらい、退屈だろうと思う仕事を、懸命にこなしている。彼女が頑張って来たことが、あんた一人のために、むだになってしまうんですよ。幼なじみなら、そのことを考えてあげなさい」

自分で言って、柏木はびっくりしていた。人に説教めいたことなど言ったことがない。もちろん、そんな柄《がら》でもないと自分で承知している。

それでも、何だか知らないけどスラスラと言葉が出て来るのである。

言ってしまってから、ちょっと後悔した。

いくらおとなしそうに見えても、殺人犯だ。怒らせたら、急に刃物でも持ち出して……。

だが、意外なことに、後藤は少しも怒ったりする様子は見せなかった。さっきは少しむきになっていたが、それも今はなく、むしろ柏木の話にじっと聞き入っている風だ。

「――そうですか」

少し間を置いて、後藤は言った。「ゆかりってそんなによく働いてるんですか」

「ええ、そりゃもう……。色々辛《つら》いこともあるだろうけど、決して顔には出しません」

「そうですか。――じゃ、ちっとも変ってないんだな、昔から」

と、後藤は何となくホッとしたような表情になって、「あの子は、小さいころから我慢強くてね。一度なんか、木登りしてて落っこちた拍子に、枝の折れた所でふくらはぎをズブッと刺してね。見てたこっちが青くなったり、女の子たちが泣き出しちゃったりしてるのに、ゆかりはじっと歯を食いしばって堪《た》えてるんです。俺なんか、とても真似できないや、と内心舌を巻いてましたね」

昔話なんかしている場合ではない。いつゆかりが戻って来るか分らないというのに。しかし、それは後藤自身が納得するために必要な時間だったのかもしれない。

「いいなあ。僕が人からそんな風に言われることなんか、決してないでしょうね」

と、独《ひと》り言《ごと》のように言って、「分りました。――おっしゃる通りです」

柏木の方がこれには面食らって、

「というと……」

「ここにはいません。ゆかりに、迷惑はかけませんよ」

「そ、そうですか。まあ、それはそれで……。彼女も心配するでしょうけど」

「今出て行くわけにはいきません。もう少し遅くなったら――。大丈夫です。僕も彼女を巻き込みたいとは思っていませんから」

「はあ、どうも……。恐縮です」

なんて頭を下げたりして、「しかし――どこか行くあてでも？」

柏木は、どう考えても余計なことを訊いていた……。

「気は確か？」

そう言われて当然だということは、よく分っている。しかし、だからといって、今さら、

「そうだね。やっぱりやめるよ」

とは言えない。

「うん」

と、柏木は肯いた。「自分のやってることは分ってる」

水谷志津は首を振って、

「そんな……。いくら犬山ゆかりさんのことを好きだからって――」

「お願いだ」

と、柏木は頭を下げた。

「ちょっと。やめてよ」

と、志津は周囲へ目をやった。

二人は、まだ犬山ゆかりのアパートの近くにいた。

待たされた挙句《あげく》に、とんでもない話を聞かされた志津は呆気《あっけ》にとられている。

「犬山さんも、とんでもないことしてるわね！」

「だから言ったろ」

「でもね……」

志津は、駅前のアーケードで足を止めると、「柏木さんが捕まっちゃ困るでしょ」

「僕のことなら、心配しないでくれ」

「するわよ」

と、渋い顔で言って、「考え直したら？　そこまで係《かか》り合《あ》わない方がいいわ。一一〇番しないってだけでも、問題なのよ」

柏木も、そう言われると反論のしようがない。

「分った。――君の言う通りだとは分ってるんだけどね」

と、少し考えて、「ね、水谷君。せめて、警察には黙っていてくれないか。どんなことになっても、決して君には迷惑をかけないから」

「何よ」

と、口を尖《とが》らして、「そこまで話しといて忘れろって言うの？」

「いや――」

「やるわよ！　こうなりゃ、何だってやってやる」

水谷志津は、やけっぱちの気味で、そう言った。

「すまん！」

柏木は、両手を合せて拝んだ。「恩に着るよ！」

「やめてよ。借金でも頼んでるみたいに見えるわ、それじゃ」

と、志津は苦笑いした。「どうすればいいの？」

柏木は、電話ボックスを探して歩きながら、志津に説明した。志津の方は、もう何を聞いても驚かないようだ。

――やっと、割合人通りの少ない場所に電話ボックスを見付けた。

「番号は？」

「これだよ」

と、柏木がメモを見せる。

志津が、その番号へかけると、すぐに向うが出た。柏木も耳をそばへ寄せているので、充分に声が聞こえた。

「――犬山です」

「あ、もしもし。そこに、法夫さん、いるんでしょ？　代ってくれる？」

と、志津は言った。

ゆかりは少し黙っていたが、

「どちら様ですか？」

「アケミっていうの。そう言ってくれれば分るわ」

「お待ち下さい」

ゆかりは無表情な声になっていた。

「――もしもし」

「後藤さんね。柏木さんが、予定通りにしてくれって。分った？」

「ああ。すまないな。じゃ、今夜そっちへ泊めてくれ。もう少し遅くなったら出るから。――よろしくな」

「はいはい」

志津の方へ、柏木は肯いて見せた。

後藤としては、何も言わずに出て行ってしまっては、ゆかりに対して悪い。それで、一時付合ったことのあるアケミという女のことを思い出したのである。

その名前はゆかりも知っている。アケミの所へ厄介《やっかい》になるから、と言えば、ゆかりも心配しなくてすむ、というわけだった。

そのために、どうしても女の声で電話する必要があったのである。

「――これでいいの？」

と、電話ボックスを出て、志津は言った。

「ありがとう。後は僕がやる」

柏木は、とりあえず自分が一人で住んでいるアパートに、後藤を泊らせることにしたのである。

「危いことはやめてね」

と、志津は諦め半分で言って、「じゃ、私はこれで」

「ありがとう！　――明日、会社へ行かなかったら、留置場にいると思ってくれ」

「放っとくわよ」

志津は笑って、ちょっと手を振ると、アーケードの人ごみの中へ紛《まぎ》れて行った。

――柏木は、腕時計を見た。

一旦《いったん》アパートへ帰って、出直そう。

もちろん、自分のしていることが、かなりやばいことだと承知している。

しかし、警察は後藤の行方を追って、幼なじみの犬山ゆかりという名前に目をつけるかもしれないが、何の関係もない柏木の所には、まず手を伸ばさないだろう。

後藤にしても、少し落ちつけば自首するのが一番だと思うようになるかもしれない。

少なくとも、これでゆかりのアパートへ警官が踏み込んで、ゆかりまでが捕まるという最悪の場面は、見ずにすんだのだ、と柏木は満足だったのである。

――帰って、後藤を泊められるように、部屋を片付けておこう。

そう決めると、柏木は足早に人の流れをかき分けるようにして、駅へと急いだのだった……。

5

そろそろ出る仕《し》度《たく》をしよう。

柏木が腰を上げたとき、電話が鳴った。

「――はい、柏木です」

向うは、黙っている。

「もしもし？　――どなた？」

柏木は、重ねて訊いた。いたずらかと思ったが、どこか違う気配があった。

「もしもし、誰？」

「あの……」

短い一言で、柏木にはすぐに分った。

「犬山君――ゆかり君か」

「――ええ」

と、少しためらって、「すみません、こんな時間に」

「いや、いいんだよ。よく知ってたね、ここの番号」

確か、教えたことはないはずだ。

「すみません。一度、名簿をお借りしたことが――」

「ああ、そんなことがあったっけ」

柏木は、座り込んだ。

「いけないと思ったんですけど、つい、ご自宅の電話番号、メモしてしまったんです。すみません」

「ちっとも構わないよ。君は、よく謝る人だな」

「え？」

ゆかりはドキッとした様子だった。

「いや、それが悪いって言ってるんじゃないよ」

と、急いで付け加え、「それで――どうかしたのかい？」

「いえ……。何だか、お電話してみたくなって。ごめんなさい」

「また謝って」

と、柏木が笑うと、ゆかりもちょっと笑った。

「変ですね、こんな夜遅くに」

「何か……あったんだね」

「――はい」

「僕に何かできることでも？」

「いえ……。出ていただいただけで、充分です」

「大げさだよ」

「本当です。——だらしないこと、言ってしまって。私、人に頼らないで生きようとして来ました。頼ったら、きっと迷惑がられるだけだ、って……。でも、頼ってほしいのに頼られないって、寂しいもんだな、と思って……。頼られることも、決していやなもんじゃないんだな、って、初めて知って……。今まで、ずいぶん自分がいやな人間だったなあ、って思ったんです」

柏木は、一瞬、胸をつかれた。

後藤が、ゆかりのアパートを出て行ったのだ。

ゆかりは、ゆかりをかくまってやりたかった。しかし後藤は、彼女に「迷惑をかけたくない」から出て行った。

しかも、他の女の所へ。——それを仕組んだのは、他ならぬ柏木自身だ。

ゆかりは、後藤に出て行かれて、自分を頼ってくれなかったことが、寂しかったのだ……。

「——君のことを、そんな風に思ってる奴はいないよ」

と、柏木は言った。「本当だ。みんな、君がとてもよく頑張ってる、って言ってるんだよ」

ゆかりは、しばらく何も言わなかった。

「——もしもし？　聞いてるかい？」

「はい」

ゆかりの声は、いつもの調子に近くなった。

「聞いてます。ありがとう」

「な、ゆかり君」

「すみません、夜分にお電話して」

と、少し早口に、「柏木さんには、本当にいつもよくしていただいて……」

「何だい、急に？」

「いいえ。変ですね。やっぱり」

と、ゆかりはちょっと笑った。「私、とても楽しみなんですよ、柏木さんの所へ通うのが」

「僕も君が来てくれるのが楽しみさ」

「お世辞でも、嬉しいです」

「本当だよ。ね、今度、ゆっくり——」

「あ、ごめんなさい。ヤカンのお湯が沸《わ》いてる。火にかけてたのを、忘れてました。じゃあ、これで」

「ゆかり君——。明日、会社で」

「おやすみなさい」

あわただしく、切れてしまう。

柏木は、ゆかりの長い沈黙が何だったのか、気になっていた。

いや、それは後回しだ。もう行こう。後藤より先に行って待っていようと決めていたのだ。

夜中、十二時を二十分近く回っていた。

柏木は、アパートを出ると急ぎ足で駅前の公園へ向った。少し風が冷たく、雨の気配である。

終電が遅くなっているせいだろうか、公園の辺りも、人通りは全く絶えているわけではなかった。

柏木は、公園の前を一旦《いったん》通り過ぎながら、中を覗《のぞ》いてみた。

ベンチにはもたれ合う男女の姿。そして一人ぶらぶらと歩いているのは、どうやら酔《よ》いざましのサラリーマンらしい。

表の通りを歩くと、公園の中の様子はあらかた見てとれる。もちろん、街灯のわずかな明りだけだが、どうやら後藤はまだ来ていないらしい。

ここで落ち合って、柏木のアパートへ行くという話になっているのだ。この辺りに、後藤は全く土地鑑《とちかん》がないというので、一番分りやすい――というか、間違いようのない、この公園を指定したのである。

チラッと腕時計を見ると、十二時半。

約束の時間である。

さっきのゆかりの電話から考えて、後藤がゆかりの所を出たことは確かだと思えた。迷うといっても、迷いようがないくらいすぐ分る場所だし。——電車が少ないので、遅れていることも考えられる。

柏木は、駅の改札口の手前まで行って、電車が着いて降りて来る乗客たちを見ていた。おそらく後藤も電車で来るだろう。

一本、二本、と電車が着いて、その都度ゾロゾロと結構な数の客が出てくる。しかし、一時になっても、後藤らしい男の姿は見えなかった。

いくら何でも遅い。——何かあったのだろうか。少し心配になって来た。

気が変って、柏木の所を避け、よそへ身を隠したのか。しかし、昼間の話では、他に行くあてはないということだった。

もしかして——自首したか、それともここまで来る途中、職務質問でもされて、正体がばれ、捕まったとか……。

ついつい、そんなことを考えてしまう。

しかし、考えてみれば何も柏木があの男のことをそう心配してやる必要もないのだ。もし捕まったとしても、それは明日が今日になったという程度のことで、後藤はたぶんゆかりのことを口にはしないだろうから、誰も迷惑するわけじゃない。

そうだ。――結局、あの男はいずれ罪を償《つぐな》わなくてはならないのだから。

柏木は、駅を後にした。公園をもう一度覗いて、後藤の姿が見えなかったら帰ってしまおう。そう思った。

しかし――公園の前に来て、柏木は足を止めた。

ゆかりは、どう思うだろう。自分の所を出たすぐ後に、後藤が捕まったとしたら……。

もう少しいてくれたら良かった。引き止めてあげれば良かった、と……。

そう悔《くや》むのではなかろうか。

ゆかり……。君は、そんな危険まで冒《おか》して、あの殺人犯を守ろうとしている。

柏木の胸が痛んだ。――ゆかりにそこまで思われている後藤のことが、ねたましい気持だった。

だが、ゆかりがそこまで覚悟を決めているのなら。――自分にも何か力になってやれることが……。

法律的に正しいかどうかではない。今、大切なのは、ゆかりを悲しませないことだ。恋する人間にとって、恋の相手を喜ばせる以上に大切なことがあるだろうか。

柏木は、公園の中へ足を踏み入れようとした。――後藤を、中で待とうと思ったのである。

　と、突然腕をつかまれ、

「こっち！」

　と、押し殺した女の声。

「え？」

「早く隠れて！」

　ゆかり？　ゆかりか？

　その声はゆかりに似ていた。しかし、似てはいても、どこか違う。

　ともかく、わけの分らない内に、柏木は公園の背の低い茂みのかげに引張り込まれていた。

「君――」

「しっ！」

　と、その女の子は言った。「警官がいるのよ」

「警官？」

「ベンチのアベックも、浮浪者も、みんな警官。ノコノコ行ったら、捕まる！」

「しかし……」

　と、柏木が言いかけたとき、

「待て！」

と、声が上った。「捕まえろ！」

ダダッと足音が入り乱れる。

柏木は、思わず首をすぼめてじっと息を殺した。

「何だ！　俺が何したって——」

「うるさい！　おとなしくしろ！」

怒鳴り声が交錯し、続いて、ガシャッと金属音が聞こえた。手錠だ。

後藤か？　捕まったのだろうか？

柏木は思わず顔を覗《のぞ》かせずにはいられなかった。

「おとなしくしろ！」

様々な格好の刑事たちに取り押えられているのは——どう見ても、本物の浮浪者だった。

違う。後藤じゃない。

柏木はホッとした。

「頭出してると見付かるわ」

と、女の子が言った。

「君……。どこかで会った？」

と、また小さくなって、暗い中なのでよく見えないが、確かにどこかで会ったことがあるような……。

「ええ。夕方ね。夕食どき、って言えば分る？」

夕食どき……。柏木は目をみはった。

「あのソバ屋の子か！」

「当り」

と、女の子は肯いて、「犬山小百合です。よろしく」

柏木は呆気《あっけ》に取られて言葉もない。少女は、柏木を促《うなが》して、

「離れましょ。こんな所にいるのを見付かったら、大変」

手を引かれて、柏木は表の通りへと出た。

「――びっくりした！」

と、道の向い側へ渡ると、柏木は息をついて、「君はゆかり君の――」

「妹です」

と、少女は言った。「びっくりしたでしょ？　ごめんなさい」

「いや……。しかしどうして――」

と言いかけた柏木は、少し先の街灯の光の中に、フッと浮かび上った顔を見て、息をのんだ。

後藤だ！　しかし、柏木が何か言いかけるより早く、後藤の姿は闇の中に駆け込んで消え

てしまった。

その後藤の表情に、柏木ははっきりと「怒り」を見てとっていた。

後藤は、見ていたのだ。刑事たちがあの浮浪者を逮捕するのを。

そして、柏木が知らせたのだと思った。——あの怒りの表情は、はっきりとそう語っていたのである。

6

「あなたが柏木さん」

と、犬山小百合はまじまじと柏木の顔を見て言った。

「そう見ないでくれ」

柏木は、顔をしかめた。「僕のことを知ってるのか」

「お姉ちゃんから、名前だけ聞いてたから」

「僕の名前を？」

と、柏木は訊き返した。「それで——何と言ってた、僕のこと？」

「名前しか知らない」

「——そう」

がっかりして、「ま、いいけど」

――二人して、夜道を歩いていた。

柏木は、他に行く所もないので自分のアパートへと向っていた。小百合も、自然、ついて来ている。

「小百合君か。夜学へ。表札で名前を見たよ。いくつだい？」

「二十歳。夜学へ通ってるんです」

「夜学か。昼間、あのソバ屋で？」

「ええ。今日は夜の仕事だったの。でなかったら、夕方で上ってた」

「そうか……。な、小百合君――」

「ちょうどお茶かえに行って、後から入って来た女の人とあなたの話が耳に入ったの。〈犬山〉って、珍しい名だから、気が付くわ」

「なるほど」

「お姉ちゃんが来て、天丼待ってる間に、あの人と話したのね？」

「うん。――君も知ってるんだろ、あの後藤って男が――」

「人殺しって？　もちろん」

と、小百合は肯いた。「よく遊びに来てたもの、以前は。私も可愛がってもらった」

「そうか」

「とってもいい人なのよ。ただ——何でもじっと我慢しちゃうの。私やお姉ちゃんは。なんて言うと、お姉ちゃんが怒るかな。でも、少しはわがまま言うことを知ってる。後藤さんは違うの。——苦労して来たから、言いたいことも言わないくせがついちゃってる」

「まあ……悪いやつじゃない、って気はしたよ」

と、柏木は肯いた。「——かけようか」

バス停のベンチに、二人は腰をおろした。

「お姉ちゃんが後藤さんを連れて来てるとは思わなかったから、びっくりしたわ」

と、小百合は言った。「でも、幼なじみだしね。見捨てておけないって気持は、よく分るわ」

「うん……」

柏木は、後藤と話をして、さっきの公園で待ち合せていたことを小百合に話してやった。

「しかし、どうして警官が張り込んでたんだろう？　僕と後藤しか知らないはずなのに」

柏木には、さっぱり分らなかった。「——君、どうしてあそこにいたんだ？」

と、訊《き》くと、小百合は答えずに少しの間黙っていた。

そして、改めて柏木を見つめると、

「お姉ちゃんのこと、どう思ってる？」

と訊いた。

――ゆかりとは七つも年齢が違うせいで、小百合は確かに別世代の娘だと思えた。

「そうはっきり訊かれてもね」

と、柏木は少し照れて、「君も訊かれたことに答えないからな。僕も違うことを言おう」

「何を？」

「ソバ屋で君を見てて、誰かに似てると思ってた。今、分ったよ。君の姉さんだ。働いているときの姿勢がそっくりだ」

小百合は微笑《ほほえ》んだ。

「お姉ちゃんが言ってた。柏木さんは、私の仕事しているところを、しっかり見ていてくれるって」

「仕事か……。しかし、毎日毎日仕事しているところを目にしていれば、その人が分ってくるもんだよ」

「やっぱり好きなんだ」

「ああ」

と、肯いて、「好きだ。――でも、ゆかり君の方はね」

「訊いてみたの？」

「言おうと思うんだけど……。何となく黙っちまうのさ、ゆかり君は。今日も会社で、ふっと黙ってしまって……。さっき、電話がかかって来たんだけどね。そのときも。――ああして無言になられちまうと、何だかこっち一人で『好きだ』なんて言えなくなっちまうじゃないか」

柏木は、小百合の方を見た。「――ほら、そうやって黙るところも、よく似てる」

小百合は、曇った夜空を見上げて、

「天使が通った」

と言った。

「――何だって?」

「天使が通った、って言うの。知ってる? ふっと話が途切れて、空白ができたとき、フランス語でね、『天使が通った』って言うのよ」

「天使が通った、か……」

「天使の通るのが聞こえるくらい静か、ってことらしいけど。でも、すてきじゃない?」

「ロマンチックだね」

「言い方のことじゃないの。話が途切れるって、気まずいでしょ。それを、いい意味に捉《とら》えてるのが、すてきだと思うの。黙ったらいけないと思って、無理にしゃべるより、そうやって沈黙をすてきなものだって思うようにするって……。そのやさしさが、すてきじゃない?」

「――なるほどね」

柏木は肯いた。「じゃ、ゆかり君が黙ってるときも――」

「お姉ちゃんが天使かどうか知らないよ」

と、小百合が笑った。

――柏木は、大きく息をついた。

「しかし……。こんな呑気《のんき》なことをしてる場合じゃないな。後藤は、僕が裏切ったと思ってる」

「でも、どこへ行ったか、見当もつかないわ。仕方ないわよ」

「だけど、小百合君――」

と、柏木が言いかけたとき、二人の前をタクシーが通り過ぎたと思うと、少し先で急に停《とま》った。

「――柏木さん」

タクシーから水谷志津が降りて来るのを見て、柏木はびっくりした。

「水谷君！　どうしたんだ？」

「あなたこそ……。何してるの、こんな所で？」

水谷志津は、足早にやって来ると、「その人は？」

と、小百合の方へ目をやった。

「ああ、この子は犬山ゆかり君の妹さんだよ」

小百合はゆっくりと立ち上って、

「柏木さん」

と言った。「——この人なのよ。あの公園で、あなたと後藤さんが待ち合せているってことを、警察へ知らせたのは」

その言葉に、水谷志津はサッと青ざめた。

「——何を言うの！」

と、言い返したものの、そのうろたえようを見れば、事実だということはすぐに分る。

「しかし……」

柏木も愕然《がくぜん》として、「水谷君が？　どうして！」

水谷志津は、じっと小百合をにらんでいたが、やがて息をついて、

「——ええ、そうよ」

と言った。「当然でしょ。人殺しをかくまうなんて！　そんなことで警察に捕まるなんて馬鹿げてるわ」

「しかし、これは僕の問題なんだ。君も分ってくれてたじゃないか」

「とんでもない！　——犬山ゆかりがなんだっていうの？　あんな女を守るために、どうしてあなたが捕まるような危いことをしなきゃならないの？」

水谷志津は声を震わせて言った。

柏木の見たことのない水谷志津だった。

「――ともかく」

と、柏木は言った。「後藤は捕まらなかった。逃げたよ」

水谷志津は、放心したように立っていた。

「――水谷君。君の言うことは分る。君の方が正しいのかもしれない。でもね、人間、いつも正しいことばかりしているべきだとも限らないだろ」

柏木はそう言って、「小百合君、行こう」

と促した。

「あの水谷って人、柏木さんのことが好きだったのね」

小百合に言われるまでもなく、柏木にも分っていた。しかし、分っていることと、彼女を許すことは別だ。

「――その先を左」

と、柏木はタクシーの運転手へ指示しておいて、「君はどうして知ってたんだ？」

「私、あなたと水谷さんがお店を出たのを見て、お姉ちゃんを店に待たせておいて、外へ出たの」

と、小百合は言った。「あなたがアパートへ入って行くのが見えたわ。そして、すぐにあの水谷って人も、アパートへ入って行ったの」

「じゃ、部屋の外で……」

「ええ。話を聞いてたのよ、あなたたちの」

「そうか……」

「私、水谷さんが何を考えてるのか気になって、ずっとあなたたちの後を尾《つ》けたの。――水谷さんが電話をして、あなたと別れた後は、彼女の後を尾けたわ。彼女は、しばらく歩き回ってた。迷ってたんだと思う」

「それで……」

「公衆電話で、知らせたのよ。後藤さんがあの公園に現われるって」

小百合は、窓の外を見て、「もうじきね」

「たぶん、後藤はゆかり君に会いに行ってる。他に頼る所はないだろ？」

と、柏木は言った。「しかし……。僕も悪かったな。何も気付かなかった」

「水谷さんのこと？」

「うん。――毎日、向い合って仕事してたのに。彼女の気持なんか、全く考えてもみなかった」

「お姉ちゃんのことを、柏木さんが好きだってこと――。当然分ってたのよね。それを見てるのって、辛かったでしょうね」

柏木は、後に残った水谷志津が、その場でうずくまって泣き出したのを、チラッと振り返って見ていた。

思い出しても、胸は痛んだ。――自分が人を傷つけたり、苦しめたりすることがあろうとは、思ってもみなかったのである。

考えてみれば、そんなことはあり得ないのだ。人と人、本気で対していれば、必ず傷つくこともあるのだ。

「――そこだわ」

と、小百合が言った。

タクシーを降りて、二人は犬山姉妹のアパートを見上げていた。

「――明りが点いてる」

と、小百合が言った。

「うん。起きてるんだろう。僕は……」

「おい――」

と、ためらうと、小百合が柏木の手を握って、引張る。

「ちゃんとお姉ちゃんと話して！」

「分ったよ。分ったから、手を――」

二階へと階段を上って行く。

「足音、気を付けて！」

と、途中で小百合が振り向く。「こんな時間は忍び足でね」

「ああ」

二人して、そっと〈205〉のドアの前に立つと、小百合がドアを軽く叩いて、

「——お姉ちゃん」

と、小声で呼んだ。「お姉ちゃん。起きてる？」

小百合は、ドアのノブを回して、柏木の方を振り向くと、

「開いてる」

「入ってみよう」

まさか、とは思うが——。

ドアを開けて、中へ入った二人は立ちすくんだ。

上り口に、小型のナイフが落ちていた。そして、その刃は血で汚れ、そこから部屋の奥へと血が点々と滴《したた》り落《お》ちていたのである。

7

「お姉ちゃん！」

小百合が叫ぶように言って、上り込む。

「気を付けて！」

柏木は、声をかけた。

小百合が足を止める。――ゆかりが、立っていたのだ。

「お姉ちゃん――」

「小百合。静かに」

と、ゆかりが青ざめた顔で言った。「柏木さん！」

「ゆかり君。大丈夫か」

「どうしてここへ――」

と言いかけたゆかりの後ろから、

「黙れ！」

と、押し殺した声がした。「中へ入って、ドアを閉めろ！」

ゆかりの脇腹に包丁の切っ先が当てられている。

柏木は、後ろ手にドアを閉めて、その男の顔を見つめていた。

「――あ」

と、小百合が言った。「今日、お店で……」

そうか！――柏木も思い出した。

ソバ屋で、小百合にお茶のことで文句をつけていた男だ。

「畜生！　何だっていうんだ！」

男は、汗を浮かべていた。「こいつらは何だ？」

「妹です。——お願い。手を出さないで下さい！」

「俺の用のあったのは、後藤の奴だけだったんだ！」

と、男はいまいましげに、「それなのに……」

柏木は、男の背後、奥の部屋に後藤が倒れているのを見た。腹が血に染《そま》っている。

「今川さん……。私たち、何も言いませんから」

と、ゆかりは言った。「妹に何もしないで」

今川？　——柏木は、どこかで聞いた名だと思った。

「うるさい。考えてるんだ」

と、苛立《いらだ》った口調で今川という男は、小百合と柏木をにらんでいる。

そのとき、柏木は息をのんだ。

後藤が、ゆっくりと体を起こしていたのである。——ひどい傷だ。残った力を振り絞っていることが分る。

しかし、今川が気付けば、おしまいである。

「男のくせに、何だ」

と、柏木は言った。「女性を人質に取ったりして。恥ずかしくないのか」

「うるさい！　黙ってろ」

今川。——そうか。後藤の殺した相手が、今川といった。すると、この男は、殺された女の亭主なのだろう。

後藤が、じわじわと体を起し、膝《ひざ》をついて、何とか立ち上ろうとしている。背を向けた今川は、まだ気付いていない。

後藤が、震える膝で立ち上った！

腹を刺されているらしく、腹から腰、ズボンまで血がたっぷりとしみ込んでいる。ひどい出血だ。

柏木は、体が震えた。——意志の力が、こんなに凄《すご》いものだと初めて知った。

小百合も言葉なく、傍《そば》の柱にもたれかかっている。

——後藤は、一歩、また一歩と前へ進み、今川へ向って手を伸《の》ばした。

と——畳に流れ出した血で、足が滑って、ズルッとよろける。

今川が振り向いた。血にまみれた後藤が凄い形相で迫っているのを見て、声を上げると、

「向うへ行け！」

と、包丁を振り回した。

切っ先が後藤の腕を切りつける。

そのとき、柏木は手を伸してゆかりの腕をつかむと引張った。ゆかりが床へ倒れる。

そして、柏木は今川に向って飛びかかった。

小百合の甲高《かんだか》い悲鳴が、アパート中を叩き起こさんばかりに響いた。


柏木は花を手にしてエレベーターを降りると、すぐにゆかりを見付けた。

病院の廊下の一角、休憩用のソファが置かれている。その上でゆかりは眠り込んでいた。

柏木は少し迷ってから、ゆかりのそばにそっと腰をおろした。

ソファがかすかに動いて、ゆかりはふと目を開けた。

「――柏木さん」

「やあ」

と、柏木は微笑んで、「無理しちゃだめだ、ちゃんと眠らないと」

「大丈夫です」

と、小さく肯いて、「お花？　きれいだわ！」

と、受け取って、匂いをかぐ。

「――どうですか、けが？」

「大したことないよ」

左腕を吊《つ》ってはいたが、少し照れくさくなるほど、小さな傷だった。

「後藤君は、今のところ安定してます」

と、病室の方へ目をやって、「若いから、助かるだろうって、お医者さんが」

「良かった」

と、柏木は肯いた。「あの勇気は大したもんだよ。ぜひ、助かってくれなきゃ」

「ええ……」

ゆかりは息をついて、「会社は？」

「休んだのさ。今日は——水谷君の送別会でね」

「水谷さんの……。そうですか」

と、目を伏せる。「小百合から聞きました。私のせいで、あんないい人が……」

「君のせいじゃないよ。仕方ないことだったんだ。みんな、よかれと思ってやったことだった」

「そうですね。それが却《かえ》って——」

「僕が鈍《にぶ》かったのさ」

——二人は沈黙した。

天使が通った、か。柏木は小百合の話を思い出していた。

「——警察の方に会われました？」

と、ゆかりが訊く。

「うん。そうだ。その話をしようと思って来たのに」

と、苦笑いして、「今川道也が何もかも話したらしいよ」

「でも、奥さんを殺したのは、やっぱり後藤君なんでしょう？」

「うん。ただ、お金を盗もうとしたのは、あの奥さんの方だったらしい」

と、柏木は言った。「後藤君は、あの伸子という奥さんと、もう一年くらいの間、深い仲だった」

「まあ」

「後藤君は、ご主人に悪いといつも言っていたらしいがね。あの日、奥さんが後藤君に、一緒に逃げてくれと言い出した。そして自分で金庫を開けて金を持ち出そうとしたので、後藤君がびっくりして止めた。奥さんはヒステリックになっていて、一緒に逃げてくれないのなら、死んでやると騒いで、それを他の社員に聞きつけられたら、クビになると思った後藤君は、黙らせようとして争ったんだ」

「そのときに——」

「まあ、過失かどうか、判定は難しいだろうね」

と、柏木は言った。「しかし、君の命を助けようとして、あれだけの重傷なのに……。きっといい結果が出るよ」

「でも、今川さん——ご主人の方は、どうして後藤君のことを狙ってたんですか」

「そう。警察に任せておけば良かったのにね。――今川の話だと、奥さんと後藤君のことはずっと知っていたらしい。それでも放っておいたのは、ずっと年上の自分が、すっかり女性の相手ができなくなっていたせいらしいんだ」

と、柏木は首を振って、「今川にとっては、後藤が捕まれば、奥さんとのことも知れ渡る。特に、自分が放っておいたために後藤君とああいうことになったと世間に知られるのが何よりも怖かった。それで何とかして後藤君が捕まらない内に口をふさいでしまいたかった。君のことを憶えていて、後藤君が現われないかと見張っていたんだよ」

「――そんなことで、後藤君を刺したんですか」

ゆかりは、ため息をついた。「そんなことが人殺しよりも恥ずかしいのかしら」

「今川にとっては、そうだったんだろうね」

柏木は立ち上って、「じゃあ……。君も無理して体をこわすなよ」

「はい」

柏木は、何となくゆかりから目をそらし、

「じゃ、また……」

と、口の中で呟《つぶや》くように言うと、そのまま足早に玄関へと向った。

「――あ、柏木さん」

病院の正面玄関の所で、やって来た小百合とバッタリ出会った。

「やあ」

「お姉ちゃん、いる？」

「うん、いるよ」

「柏木さん――。お姉ちゃんに話したの？」

柏木は肩をすくめて、

「後藤君にはかなわないよ。命を捨てて、あそこまで……。僕にはとてもできない」

「それとこれは別でしょ」

「しかし……」

と、柏木は口ごもって、「ま、その内また会社へ来るんだから、そのとき、映画にでも誘うよ」

「行かないわよ、もう会社には」

柏木はびっくりして、

「どうして？」

「だって、仕事、変ったんだもの」

「変った？」

「同じ店だけど、会計に回されたって。この間、あの月末の日が、最後だったのよ」

柏木は唖然《あぜん》とした。

「今、別の子が来てるのは、ゆかり君が休んでるからだとばっかり……」

「知らなかったの？　お姉ちゃん、挨拶《あいさつ》しなかったのかなあ」

「そうか……。別の仕事になったのか……」

と、呟くように言った。

「二人とも、肝心《かんじん》のこと言わないのね」

と、小百合が笑って言った。

「――言ってやる！」

柏木は、クルッと向き直って、再び病院の中へ入って行った。

ゆかりが花を活《い》けた花びんを手にして廊下をやって来ると、

「柏木さん。忘れものですか？」

「まあね。――座ってくれ」

と、ソファへ座らせ、「どうして言わなかったんだ。今日で回って来るのは最後です、って」

ゆかりは目を伏せて、

「何だか――あなたに誘って下さいって催促するみたいで」

「だからって――」

と言いかけ、ちょっと笑った。「お互い様だな。互いに、『黙って察して下さい』と思ってたわけだ」

二人は、黙った。

天使が通ったかどうか。——少なくとも、二人の唇《くちびる》の間は、天使の通るほどの隙間もなかった。

「柏木さん……」

ゆかりの頰が赤く染った。

「改まって言った方がいいかな」

「じゃあ……初めに、あの日言いそびれたこと。——長いこと、お世話になりました」

「お疲れさま」

柏木は、やっとそこから、恋に一歩踏み出したのである。

——離れて眺めていた小百合が、

「あれじゃ、天使も呆《あき》れてるね」

と、呟いた。

断崖

1

「明日にしたら？」

——自分の考えていることを、突然見も知らぬ他人から言われたら、誰だって驚くだろう。

恵子《けいこ》もむろんびっくりした。そばに人がいることにさえ気付いていなかったので、なおさらである。

だがその男は、恵子と並んで、外の風と雨に荒れる夜景を——夜間照明の中で、激しく髪を振り乱す女のように見える木々の、絡《から》みもつれるさまを眺めているばかり。恵子の方を見ようともしないので、一瞬、今聞いたのは空耳《そらみみ》か、それとも通りかかった別の客の話の断片が耳に飛び込んだだけかとも思ったが——。

やっと、男は恵子の方へ顔を向けると、

「ひどい天気だ」

と言った。

そう、この声だ。今、「明日にしたら？」と言ったのは、この声だ。

「――そうですね」

と、恵子は男と目が合うのを避けて戸外へ目を向けた。

恵子と、嵐のように雨風の叩《たた》きつける風景の間には分厚いガラスがあって、その荒々しい光景は一種見物に値《あたい》するスペクタクルではあった。雨も風も、自分と無縁のものである限り、見飽きないショーだ。

「観光に来てこの荒れ模様じゃね」

と、男は皮肉めいた調子で、「よっぽど、このホテルの客は心がけの悪いのが揃《そろ》ってるんだな」

「そうですね」

と、同じ返事をくり返して、無言で付け加える。

私みたいに、心がけの悪いのがいるからでしょ、と。

「一人ですか」

と、訊《き》かれて、

「失礼します。着いたばかりで疲れていますの」

切り口上に言って、恵子は男に背を向け、ロビーを足早に横切った。

早く、早く部屋へ戻ろう。――一人旅の女は、男を欲しがっていると見られるのだ。

冗談じゃない！　男なんて沢山《たくさん》。もう二度と男なんか……。二度と……。

エレベーターの扉が開くと、人がいるか確かめもせず乗り込もうとして、降りかけた女性とぶつかってしまった。

「ごめんなさい！」

自分の方がふらついて、それでも恵子は、相手がこのホテルのフロントに立っていた女性だと気付いていた。

「大丈夫ですか？」

と、その女性は笑いながら恵子を支えてくれる。

恵子の方がよろけるのも当然で、相手は少なくとも恵子より二、三十キロは体重があるだろう。

「すみません、ついあわててたので……」

いつもの恵子にはないことで、やや赤面した。

「のんびりなさって。——早見《はやみ》さん、でしたね。早見恵子さん」

名前を憶《おぼ》えられていることにびっくりしていると、

「私はここのオーナーですの。といっても、小さなホテルですから、フロントも客室係も何でもやりますけど」

笑うと、お腹の肉が揺れる。「河合信子《かわいのぶこ》です。あいにくのお天気ですけど、せめてお部屋で寛《くつろ》がれて下さいね」

笑顔は暖かかった。

「――どうも」

恵子は会釈して、エレベーターの中に一人残った。思わず目を閉じて息をつく。――あわてないで。落ちついて。落ちついて。

何を今さら急ぐことがあるだろう。時間は充分にある。少なくとも、ホテルのロビーを客がウロウロしている間は無理なのだから。

ふと、エレベーターがなかなか三階に着かないと気付いてパネルを見ると――〈3〉のボタンを押すのを忘れていたのだった。

恵子は一人で赤面し、急いで〈3〉のボタンを必要以上の力をこめて押した。

「どうかしてる……」

と、呆《あき》れて呟《つぶや》く。

どうかしていることは当然だ。ただ、こんな間の抜けた形で「どうかする」のはやりきれなかった。

三階までが長く感じられたのは、エレベーターの責任ではない。

ともかく、東京からこの海辺のホテルへ辿《たど》り着《つ》くまでとほとんど同じくらい――そう感じられた――かかって、やっと〈303〉の部屋のドアを開けた。

今のホテルには、シングルルームというものはほとんどない。ここもそう広くはないが、ツインの部屋を一人で使っているのである。

窓がレースのカーテンだけになっていたので分厚い遮光《しゃこう》カーテンをきっちりと閉めた。今は下のレストランで一人夕食をとって来たところで、このまま眠ったら、たぶん明日の昼過ぎまでは目を覚《さ》ますまい。

そうしてみたい、という誘惑を覚えた。ハッとするほど強烈な誘惑。

そんなに深い眠りをむさぼったのは、一体《いったい》どれくらい前のことだったか。この何年か、恵子は思い切り眠り、誰にも起されず、何の用もなく、体が自然に目覚めるまで眠ったという記憶がなかった。

もっとも、それは夫も同じことかもしれない。そんな風に眠れるのは、厳密に言えば赤ん坊くらいのものだろう。誰もが、浮世の様々な義理、しがらみに縛《しば》られて生きずにはいられないのだから……。

——お風呂へ入ろう。

どうでもいいようなものだが、やはり気持の上でのけじめである。

ふとベッドサイドのナイトテーブルに青く光っているデジタル時計を見た。〈21・00〉

九時ちょうど……。

今なら——たぶん、この金曜日の九時には、家のTVは〈10〉チャンネルに合わせてある。のぞみは決してあの連続ドラマを見逃さないのだから。

何というタイトルだったか……。何とかの十字架……。思い出せない。

主演の役者も、顔はすぐ思い浮ぶのに、名前が出て来ない。四十二歳ともなれば、誰でもこうなのだろうか。それとも自分だけがそうなのか。

いや、そんなことはどうでもいい。九時ちょうど。今電話すれば、きっとのぞみはTVの前にいて、すぐに電話に出るだろうし、夫はまだ帰ってないか、もし帰っていたとしても、TVの嫌いな人だ、大方《おおかた》お風呂に入っているだろう。

恵子はそう思うと、迷う暇もなく、ベッドのそばの電話をつかんでいた。

家の番号を押してから、つながるまでの間が、とんでもなく長い。もう自分が「家」から、切られた女になってしまったような気がして――。

ルルル、と呼出し音が聞こえたとき、恵子は電話したことを悔《くや》んだ。何もかも、思い切って出て来たのではなかったか。二度と娘とも口をきかない覚悟で。

「――はい。早見です」

のぞみの声が聞こえて来た。

恵子の胸をしめつけたのは、ふしぎなことに、娘の声そのものよりも、一緒に聞こえて来る、そのTVドラマのテーマ曲だった。――この曲だ。いつも、真剣に聞いたことなどなかったのに、その音楽は恵子を一瞬の内に家の居間へ連れ戻した。

「もしもし？」

のぞみがふしぎそうに言った。

切ろうか。このまま切ってしまおうか。話をしたら、泣いてしまいそうな気がする。

「——お母さん？」

のぞみがどうして母の気配を察したのか、ともかく、恵子は反射的に、

「ええ」

と、返事をしていた。

「何だ。黙ってんだもん」

「ごめん。何だかよく聞こえなかったのよ」

「待って。TVの音、小さくするから」

リモコンを手にしたのだろう。すぐにドラマのテーマ曲はかすかなBGMになった。

「お父さんは？」

「今、お風呂。電話させる？」

「いいのいいの。別に用事じゃないから」

「どう、そっち？」

「え？」

恵子は戸惑《とまど》ったが、「——ああ、バタバタしてるわ。でも、その方がね……」

「大勢《おおぜい》集まってるんでしょ?」

「そう。みんな久しぶりだからね。話し疲れちゃう」

と、恵子は笑った。

叔父《おじ》の三回忌。――のぞみにはそう言って出て来ているのだ。

「いつ帰れそう?」

「そう……。そうね。明日法事だから、あさってかしら」

「日曜日だね。夜遅くなるんだったら、駅までお父さんが迎えに行くよ、きっと」

「いいの、大丈夫。そう遅くならないわ」

と、恵子は言って、「のぞみ……。大丈夫?」

「何が?」

他に訊《き》きようがなかった。何と言ってやれるだろう。

「お母さん、いなくても。ご飯、食べたわね」

「二日や三日、平気だよ」

と、のぞみは笑って言った。「もう十六だよ」

「そうね。じゃあ……」

「そうだ。ね、台所の洗剤って、どっちが食器のだっけ。黄色いの? 青いの?」

「青い方よ、黄色はお鍋《なべ》とかフライパン」

「青か。いつも忘れちゃう。ちゃんと洗っとくからね」

「よろしく」

恵子は、何だか本当に自分がじきに家に帰るような気がして、微笑《ほほえ》みさえしていた。「それじゃね。お父さんには言わないで」

「どうして？」

「別に――。言ってもいいけど、わざわざ言わなくてもいいってこと」

「うん、分った。――あ、ドラマ、始まった。じゃあね」

またTVの音が大きくなる。恵子は、

「のぞみ、元気でね」

と言って、電話を切った。

バッグへ手を伸《の》ばすと、中から封筒を取り出し、しばらく眺めていたが、

「さあ」

と、自分をせかせるように口に出して言った。

ザッとシャワーを浴びるだけでもいい。――そう。それで充分だろう。

だが、時間はある。熱いお湯にゆっくりと浸《つか》りたいという気持が消えなかった。

結局、バスルームへ入ると、恵子はバスタブの丸いゴムボールの栓《せん》を排水口に落として、お湯を入れ始めた。――お湯と水のコックを少しずつひねって熱さを調節しようとしたが、

すぐ熱くなったりぬるくなったりで、なかなかうまくいかない。

やっと、これでいい、と立ち上ったときはもうバスタブの三分の一ぐらいまでお湯が入って、腰が少し痛んだ。

ギュッと腰を伸してから、バスルームを出ると――。

「今晩は」

太った客室係のメイドが、ベッドを整えながら恵子に笑いかけた。

お湯を入れる音で、入って来たのに気付かなかったのだ。

恵子があまりに意外そうな面持《おもも》ちで立ちすくんでいるのを見て、

「チャイム、鳴らしたんですけど、ご返事なかったものですから……」

「あ、いいんです。――ご苦労様。ごめんなさい。ちょっと……」

恵子の目は、ナイトテーブルに置かれたままの封筒に止っていた。メイドはベッドメークをしているから、すぐ近くにいる。ちょっと目を向ければ――。

間違いなく気付くだろう。封筒の、〈遺書〉という二文字に。

2

二階からゆったりと曲線を描いてロビーへ下りている階段の途中で、恵子は足を止め、フロントの方を覗《のぞ》き込《こ》むように見た。

ロビーは大分《だいぶ》照明を落としてあって、正面玄関の辺りとフロントだけが明るい。

夜、十二時を過ぎて、やっと客は全員部屋へ引き上げたようだった。バーが十一時半まで開いているので、閉るまで飲んでいるグループがあったのだろう。

今はむろん、ロビーに人影はない。フロントも、こんな海辺のリゾートホテルでは、二十四時間、いつも人がいるわけではないだろう。

そっと下りて行ってみると、フロントのカウンターの真中にベルがおまじないのように置かれていた。用があれば、あれを鳴らすと奥にいる係が起きて来るのだろう。

大丈夫。今なら気付かれることはあるまい。

恵子は、それでもあまり足音をたてないように用心しながらロビーを横切った。

正面のガラス扉が開かないので、一瞬、鍵がかかっているのかと思ったが、すぐにここは自動扉ではなかったのだと思い出した。

自動扉に慣れていると、つい前に立って開くのを待ってしまうのだ。恵子は自分で苦笑いした。

重い扉を手で引くと、細かい水滴が吹きつけてくる。ロビーの中へ風が吹き込んだら誰かが気付くかもしれない。恵子は急いで表に出て扉を閉めた。

嵐は一向におさまっていない。

低気圧が接近中というニュースは聞いていたが、これほどひどい風雨になるとは思ってもいなかった。

春の嵐、というか、規模は台風並みのものらしく、部屋のTVで見た天気予報では注意を呼びかけていた。

こういう春の低気圧は熱帯性のものではないので、どんなにひどく荒れても「台風」とは呼ばないのだと、恵子はそのニュースで初めて知った。

――明日にしようか。

さっき、このロビーで外を眺めていたとき、恵子が考えていたのは正《まさ》にそのことだった。自殺するのに「危い」もないものだが。

海に面した断崖《だんがい》の上に建つこのホテルは、規模こそ小さいものの、雑誌などでも紹介されてかなり名は通っている。

恵子がこのホテルのことを憶えていたのも、見はらしのいい崖《がけ》の上に、青空をくっきりと切り取ったように建つ白い建物の写真が雑誌にのっていて、鮮やかな印象が残っていたからである。

あのホテルへ行って、あの崖から身を投げて死のう。――恵子はそう心を決めたのだった。

ところが、着いてみるとこの嵐。そして、まだ明るい内にロビーから見ると、断崖は意外にホテルから離れていて、その間には人が崖の方へ出ないように柵《さく》があり、その先は岩だらけの斜面が下っていて、その向うにやっと鋭く落ち込んだ断崖があるのだと分った。

考えてみれば当然のことで、人を自殺へ誘うくらい断崖が近くにあったら、このホテルは全《まった》く別のことで有名になっていただろう。

恵子が「明日にしようか」とためらっていたのは、この風雨の中では、崖まで行き着けるものかどうか、と思ったからで、死ぬのが怖かったのではない。

それでもこうして出て来る決心をしたのは、一つにはニュースで、この風雨が明日一杯《いっぱい》も続くという予報を聞いたせいでもあった。そして、もしかしてあのメイドに〈遺書〉と上書きのある封筒を見られたかもしれないという不安。

用心深く見ていても、メイドの表情にそんな気配は読み取れなかったが、万が一ということもある。邪魔《じゃま》が入ることは避けたかった。

そして――あのロビーにいた男。

たぶん、恵子と同じか、もう少し年上かもしれない。一人でここへ来ているらしく、レストランでも、隅のテーブルで一人食事しているのを、恵子は目に止めていた。

あの男はなぜ言ったのだろう。

「明日にしたら？」

と……。

まるで恵子の考えていることを見抜いてでもいるように。

考えすぎだろうか。けれども、それ以外、何の意味にとれるか。

いずれにしろ、たとえ雨風がどんなに強くても、今夜の内にやってしまおう、と恵子は決めたのである。

そう。——のぞみの声も聞いた。思い残すことはないはずだ。そう決めたはずだ。

——ホテルの表へ出ても、張り出した車寄せの内にいる間はそうひどく濡れずにすんだが、一歩その外側へ足を踏み出すと、たちまち叩きつける雨の勢いに恵子はほとんど目を開けていられなかった。

服装といって、レインコート一つ持って来ていない。死のうというのに、そんな物がいるとは思いもしなかった。

たちまちワンピースから下の肌着まで、プールへでも飛び込んだようになって、肌は直接雨に打たれているように冷たい。

それでも、引き返すわけにはいかない。恵子は腕を上げ、雨と風の中、少しでも目を開けられるようにしながら崖の方向へと進んで行った。車道の脇《わき》の植込《うえこ》みを抜けて行かねばならない。

服が濡れるのはともかく、問題は靴《くつ》だった。

リゾートホテルとはいえ、一応はホテルだ。ハイヒールではないが、少しかかとの高い、新しい靴をはいて来た。そのヒールが、植込みの下の柔らかい土にめり込んで、危うく転びそうになった。

何とかバランスを取ったものの、一歩進むごとにズボッとかかとが土に突き刺さり、抜くのにひと苦労する。その植込みを通り抜けるだけで、恵子は喘《あえ》ぐほどに息を切らしてしまった。

靴を脱ごう。――この先、岩の多い斜面は、この靴ではもっと辛《つら》いことになるだろう。

そう決めると、苦労しながらも何とか靴を脱ぎ、両手に持って歩き出した。

柵の所へは割合楽に辿《たど》り着《つ》いた。――夜間の照明が、立札《たてふだ》を照らしている。

〈この先、危険！　柵を越えないで下さい〉

――雨が目に入って、恵子は袖《そで》で拭《ぬぐ》ったが、その袖もほとんど濡《ぬ》れ雑巾《ぞうきん》のような状態だ。

柵に、鉄条網でも絡《から》めてあったらどうしよう、と心配していたが、幸いそこまではしていなかった。乗り越えるより、隙間をくぐり抜けた方が良さそうだ。

頭を下げ、横たわった丸い木の隙間を抜けようとしたが、何と――お腹が引っかかってしまった。

こんなに太ってたの？　恵子にはショックだった。

呑気《のんき》なことを、と我ながらおかしかったが、それでもさし当り、何とかここを通り抜けないと、死ぬに死ねないのだ。

精一杯お腹を引っ込め、ズルズルとこすりながら、何とか柵の向うへ転り込む。

靴は手を離れてどこかへ行ってしまった。どうせ、崖の上に置いても、この風と雨で飛んで行ってしまったろう。

そこまで来ると、ホテルの方から射《さ》してくる明りもほとんど届かず、どこが崖なのか、見当がつかなかった。

確か、少し斜面があって、その先が平らになり、海へと数十メートルも落ち込んでいたと思うが……。この暗い中、しかも雨が正面から吹きつけて来るので、距離感がつかめない。

突然、海へと落ちてしまうのはいやだった。きちんと崖の上に立って、海へ向って身を躍《おど》らせたい、と思った。

恵子は、フラフラと立ち上り、よろけながら、一歩一歩足下を確かめて歩いて行った。が、突然足下が落ち込んでいた。前のめりに転った恵子は、岩の上を二、三回転して落ちて行った。

落ちる！　――このまま下へ落ちてしまうのか？

死ぬつもりでいながら、恵子の手足はとっさに転落を止めようともがいた。ズルズルと斜めに滑って、右足が岩らしい出張りに打ち当って、鋭い痛みに思わず声を上げた。

同時に額《ひたい》を打ちつけ、目のくらむような痛さを覚える。

落ちて行くのは止った。――しかし、自分がどこにいるのか、崖まであとどのくらいの所にいるのか、見当がつかない。

体を起そうとして、アッと呻《うめ》いた。

右足が痛んだ、とても立てない。そして額から流れ落ちるのは血だろうか？　雨と混って、どっちとも知れないが、ズキズキと脈打つ血管が痛みを伝えてくる。

恵子は喘《あえ》ぎながら、その場にうずくまった。

雨が体温を奪っていく。風が唸《うな》り、海の波音をかき消している。

——ふと、このまま死ぬのか、と思った。

岩の上で。裸足《はだし》で？　足をけがして動けなくなり、死亡……。

こんなみっともない死に方なんて……。

そう考えて、妙な気がした。死ねばいいのだ。同じことだ。

でも——本当は恵子は消えてしまいたかったのだ。海へ身を投げ、波に運ばれてどこか遠くへ漂い、そのまま永遠に消えてしまう……。

それが一番だと——のぞみのためにも、母の死体をさらしたくないと思っていた。

でも、結局、世の中というのは思い通りにはいかないものなのだ。最後の最後まで。こんな所で……。こんな岩の上でずぶ濡れになって、私は死ぬんだろうか。

次第に、雨が弱くなって来たように感じられた。

ああ、雨が止んで来た。もうじき、風も弱まって、月が出るかもしれない。のぞみ……。

お母さんが月光に照らされて海へと一直線に落ちて行くのを、あなたに見せたかった。

お母さんはためらうことなく、死んだのよ、と、あなたが友だちに自慢できるように……。


──しっかりして！

何か、声がしたようだった。空耳だろうか。きっとそうだ。

こんな所に誰もいるわけがない。

ああ、静かになった。──もう、雨も風も私をいじめない。私を遮《さえぎ》らない。

私は自由に死んでいける……。

──しっかりして。

しっかり……。しっかり……。

3

弾《はじ》けるような笑い。

それは十六歳でしか笑えない笑いだった。

「──おいおい」

早見悟《さとる》は娘をちょっとにらんで、「他のお客が迷惑するぞ」

と、たしなめた。

「ごめん」

のぞみはちょっと舌を出して、首をすぼめる。

「それはもっと悪いわ」

と、恵子は苦笑して言った。「シャンパンなんか飲むからいけないのよ」

「平気よ。こんぐらいで酔っ払ったりしないもん」

と、のぞみは主張した。

「ともかく、ハンバーガーの店じゃないんだ。大きな声は立てないで」

と、早見は言った。息をついた。「――旨《うま》かった。久しぶりだな、こんなしっかりした味のフランス料理を食べるのは」

「私、『しっかりしてない味のフランス料理』だって食べてないよ」

「当り前だ。高校生がこんなもの食べるのは二、三年に一度でいい」

「お母さんは？　年に一度？」

「さあ、どうかしらね」

恵子は皿のソースをパンでていねいにすくい取るようにして食べた。

「お母さんも珍しいね、ここんとこ、食欲なかったでしょ」

と、のぞみが言った。「よくきれいに食べたね」

「ちゃんと昨日から控《ひか》えてたのよ、食事を」

「負けた」

のぞみも母の真似《まね》をして、残ったパンにソースをからめて食べた。フランスパンの皮が手もとに一杯散っていて、のぞみの食べっぷりのほどを証明している。

「——もう一時間半も食べてる！　凄《すご》いなあ！」

と、腕時計を見て、のぞみは感激した。

「のぞみ。——クラブの方は、どうなったの？」

高校に入ったばかりののぞみである。今は、何のクラブに入るか、それが悩みの種だった。

「——まだ決めてないけど……。〈茶道部〉に入るとお茶菓子食べられるし、〈旅行研究会〉に入ると、お休みは温泉巡りに行けるし……」

「今のクラブは、遊ぶことばっかり考えてるんだな。少し体をきたえろ。運動部に入ったらどうだ」

早見はワインを飲みながら言った。

「やだ。合宿はあるし、早朝練習はあるし」

恵子は、ちょっと笑って、

「ともかく、よく考えて決めるのよ。お友だちとも相談して。アンナちゃんはどうするって?」

のぞみの中学からの仲良しで、本当は漢字で書くのだそうだが、恵子はどう書くのか知らない。

「あの子、割と断るの苦手なタイプだから。もう私、二つも代りに断ってあげた」

今の子たちって、妙な「友情」の発揮の仕方をするものだ。

しかし、こうしていい加減なことばかり言うのは、むしろ今の「はやり」であって、のぞみは見かけよりずっと先のことまで考えて判断することを心得ている。恵子には分っていた。

ただ——聞いておきたかったのだ。のぞみが何のクラブに入って活動するのか、その様子を、想像の中で、せめて見たかった……。

「——まだデザートがあるね」

と、のぞみは張り切っている。「ちょっと、トイレに行ってくる」

のぞみが席を立って行くのを、恵子は見送って、

「元気ね」

と、笑った。

が——夫は笑わなかった。のぞみがいなくなると、早見悟は額《ひたい》にたてじわを刻んで、恵子

から目をそらした。

恵子にも分っていた。忘れていたわけではない。

しかし、のぞみがいつになくはしゃいでいるのも、ただおいしいものを食べているから、というだけではない。父と母の間のぎくしゃくした空気を感じていたから、今日の久しぶりの家族揃《そろ》っての外食を楽しいものにしようとしているのである。

恵子は、のぞみのその気持を、ありがたいと思った。

「あなた——」

「約束したことは憶《おぼ》えてるな」

と、早見は言った。

「ええ」

恵子は、膝《ひざ》のナプキンで唇《くちびる》を軽く押え、「ありがとう、今夜のこと」

と、言った。

「のぞみのためにやってるんだ」

「よく分ってます。——あなたに迷惑はかけないわ」

「俺だけじゃない。のぞみにもだ。そうだろ?」

「ええ」

恵子はチラッとのぞみの立って行った方へ目をやって、「あの子に言わないで下さいね、

「くり返したくないんだ。黙って、決めた通りにしよう」

と、早見は苛立《いらだ》った調子で、

「もう話はすんでるだろ」

私がどうして――」

「はい」

恵子は目を伏せた。早見は少し突き放しすぎたと思ったのか、

「あの男のことは何とかする」

と言った。「きっと連絡して来るだろう。うまくあしらう。もし、しつこく言って来るようなら、警察へ届けるとおどしてやる。ああいう奴《やつ》は気が弱いんだ。それで引っ込むさ」

恵子は黙っていた。何を言う資格があるだろう。今の自分に。

「――法事ってことにするのが、一番自然だろ？」

「そうね。そう言って出かけます」

恵子は、つい言葉を呑《の》み込《こ》んでおけずに、

「あの子のこと、できるだけ構《かま》ってやってね。元気なようでも、寂しがり屋なんですから」

言ってしまってから、また夫を怒らせてしまう、と悔んだ。

しかし、早見はただ目をそらして、

「分った」

と言っただけだった。「今は、ともかく――」

と言いかけて、

「戻って来た」

のぞみが、ほとんどスキップでもしそうな足どりで戻って来る。

「お父さんも、デザート、頼んだよ。ワゴンが三台も来るから」

と、椅子が壊れるかという勢いで座る。

「お父さんは甘いもの苦手よ」

と、恵子が言うと、

「だめだめ！　こういう所《ごと》のデザートは料理の内なのよ。何もいらないなんて失礼だわ」

のぞみは、まるで通の如き口をきいた。

「たまには甘いものも食べてみよう」

早見は笑顔になって、「どうせお前にゃかなわないけどな」

「お母さんにもよ。お母さん、三種類以上取ろうね」

「太っちゃうわ」

「いいじゃない！　幸せ太り」

のぞみの言葉が恵子の胸に突き刺さる。

幸せ太り……。幸せか。いつ、自分にそんなものがあったか。

太ったって、困りやしない。ほんの数日後には、生きていないのだから。太って困るとしたら、海へ身を投げたとき、沈まないかもしれないということぐらい……。

でも、まさかね。いくら何でも――。

ワゴンが――デザートを満載したワゴンが、本当に三台もテーブルわきへ押されて来た。

「お好みのものを何種類でも」

にこやかに、ウエイターが言った。

お好みのもの……。お好きなもの。――どっちだったかしら？

恵子は、そんなつまらないことを考えていた。

どっちだったかしら？


「ああ」

と、その男が言った。「どうです？」

恵子は、目を開いていた。少し前から、その男を見上げていたらしい。

「――気分は？」

と、男が言った。「何か気にしてましたよ。『どっちだったかしら？』って、さっきから呟《つぶや》いてました」

髪が濡れている。

初めに感じたのは、そのことだった。頬《ほお》や首筋に触れる髪がひんやりと湿っている。

枕にタオルがかけられて、そこに頭をのせていた。

「私……どうして？」

まだぼんやりしている。——何があったんだっけ？

「明日にしたら、と言ったでしょう」

と、男は言った。「この嵐の中じゃ、崖まで行くのは無理だ」

崖……。その言葉で思い出した。

私は途中の岩の上で足を痛めて……。

恵子は、そのとき初めて自分がまとっているものを意識した。タオル地のバスローブ。部屋に用意されているものだ。

そして——その他には何も身につけていなかった。

恵子が身を固くしたのに気付いて、男は急いで言った。

「着ているものは、全部ずぶ濡れでしたからね。脱がせましたよ。勘弁《かんべん》していただかないと。あのままじゃ、凍《こご》え死んでしまうところだ」

恵子は、男の言い分が正しいことを認めないわけにいかなかった。それでも、この見知らぬ人に裸体をさらしたのかと思うと恥ずかしい。

赤くなり、目をそらして、

「すみません……、お手数をかけて」

「やあ、顔が赤くなった」

「え？」

「凍えて、真青でしたからね。ともかく生きてるって顔色になった」

男の笑顔はやさしかった。

「私、部屋へ――」

と言いかけて、体を起そうとした恵子は、右足の痛みに思わず声を上げた。

「だめだめ、はれ上ってるんですよ。たぶん、折れてはいないと思うけど、しばらくじっとしていなくちゃ」

「でも……」

「ご心配なく。僕はそこのソファで寝ますよ」

と、男は言って、とても身長に足りそうにないソファを指した。

「――今、何時ですか？」

と、恵子は訊いた。

「五時ごろかな。朝のね。――大丈夫。誰も邪魔しやしません」

男はバスルームの方を親指で指して、「あなたの服は広げてあります。乾くのに少しかかるだろうけど――。替え、持ってるんですか？」

着替え。そんなもの、いらないはずだったのだ。恵子が黙っていると、

「そうでしょうね。一泊もするつもりじゃなかったんでしょうから」

恵子は、初めてゆっくりと男を見た。

四十前後だろうか。たぶん、恵子と同じくらいだが、髪は大分《だいぶ》白くなっている。

夫、早見悟よりは少し若い感じだった。

「――あなたも、濡れたでしょう」

と、恵子は言った。

「着替えは持ってますのでね」

と、男は微笑《ほほえ》んだ。

「あの……私のこと……」

「崖から飛び下りるつもりだったんでしょ？　だけど、この雨と風じゃ。予報だと、今日も一日、こんな具合らしいですよ」

ふしぎな男だ。――恵子が自殺しかけたことを、何とも思っていない様子である。

男は窓の方へ行って、厚いカーテンを細く開けた。外はもう明るくなりかけているようで、男の横顔がほの白く照らされている。

「まだひどい風と雨だ。――あいにくでしたね」

男はカーテンをまたきっちりと閉めると、

「少しおやすみなさい。疲れて、参ってるはずだ」

と、ベッドの方へやって来て、「あなたの部屋から、何か必要な物があれば取って来てあげますよ」

「いえ……。結構です。すみません」

と言ってから、「ルームキー、どうしたかしら」

と、考え込んで、

「——そうだわ。もういらないと思って……。部屋の中へ置いて来ちゃった」

「それなら、フロントの人に言えば大丈夫ですよ。キーを中に置き忘れて出る人なんて、いくらでもいる」

と、男は言った。「ともかく今は少し眠って。そうそう。あなたの靴、拾ったんで、持って来ました。中にティシュペーパーを詰《つ》めて乾かしてますよ」

「ありがとう……」

確かに、眠気が恵子を捉えていた。

こんなとき、眠くなったりする自分がおかしかった。

「あの……失礼ですけど……」

「僕ですか？　野崎《のざき》といいます」

男は、予備の毛布と枕を出して来て、ソファの端へ置いた。

「早見恵子です」

「――妙なご縁ですね」

と、野崎という男は言った。

男が明りを消すと、部屋に再び夜がやって来た。

「すみません、図々《ずうずう》しく……」

「いいんです。さ、もう眠って下さい。起さないように、ドアの外に〈ドント・ディスターブ〉の札をかけてありますから」

「何もかも……」

「好きでやってるんですから」

野崎がソファに寝て、余った足を床へ下ろした。「――誰しも、死にたくなることはありますよ。ねえ。こんなきれいな所で……。嵐でなきゃ、本当にすばらしい眺《なが》めなんですよ」

「そうでしょうね」

「でも、ふしぎなもんで、あの崖があって、いくら柵や立札があっても、その気になれば飛び下りることも難しくないのに、このホテルができてから、まだ一人も自殺した人はいないんですよ。あなたが第一号になるところだった」

と、野崎はむしろ面白がっている調子。

「オーナーの女性、会ったでしょ？　河合信子って、堂々たる体格の。――あなたを運んで来たとき、よっぽど彼女にあなたのことを任せようかと思ったんですけど、そうなったら、あなたが困ると思ってね。まあ、許して下さい。それに、あの女主人はなかなか面白い人でね。客から自殺しようとした人が出たと知ったらショックを受けるかもしれないから……」

言葉を切って、

「うるさくして、すみません。これじゃ眠れませんね」

野崎が起き上って見ると、恵子はもう眠りに落ちていた。

野崎は微笑んで、狭いソファで窮屈そうに体を何とか落ちつかせ、目を閉じた。

外が明るくなっていく中、この部屋は取り残されたように、穏やかな眠りを抱いて静まり返っていた……。

4

「パンのおかわり、いかがですか」

そう言われて、恵子は初めてパン皿にわずかばかりのかけらしか残っていないことに気付いた。

「でも——」

と言いかけてためらう。

「いくつでもどうぞ」

と、にこやかにすすめてくれるのは、ホテルの女主人、河合信子だった。

「じゃあ……一つだけ」

本当は二つ食べたかった。けれども、そうは言えなかったのである。何しろすでに一度「おかわり」にパンを二つもらって、それを食べてしまっていたのだから。

「とてもおいしいパンですね」

と、言いわけがましくて、我ながら恥ずかしい。

「ありがとうございます。キッチンの者が交替で早起きしまして、ここで焼いておりますの」

「まあ、そうですか」

恵子は驚いた。――都心の一流ホテルやレストランでも、パンを自分の所で焼いている所はまれであると知っていたからだ。

――恵子が、やっと服も乾いて、大分《だいぶ》痛みのひいた右足を少し引きずりながらホテルのダイニングルームへやって来たのは、もう十時を回っていた。

「――まだいいでしょうか」

と、おずおず訊《き》いたのは、目が覚めたのが空腹のせいだったからで、「朝食は十一時まで」となっていたからでもある。

快く入れてくれ、しかも、バイキング式の朝食なので、恵子の足を見て、料理やシリアルの並ぶテーブルのすぐ近くの席を即座に片付けてくれたのだ。

そして恵子は、自分でもびっくりするくらい良く食べた。フルーツやジャムが、まるで生れて初めて食べるもののように舌に新鮮だった。

目玉焼きの卵もしっかりと弾力があって、お腹を満たしてくれる。ハム類やベーコンも脂《あぶら》っこくなく、さっぱりとして、塩味が適当だった。

昼に近いとはいえ、恵子は家でもこんなにおいしく朝食をとったことはないような気がした……。

「足の方はいかがです」

と、いつの間にか野崎がそばに来ている。

「あ、どうも……」

恵子は、あわててナプキンで口を拭《ふ》いて、

「おかげさまで。大分《だいぶ》痛みがおさまりました」

「あ、立たないで下さい。——どうぞ」

野崎は、同じテーブルの椅子を引いて腰をおろすと、「コーヒーだけでも、お付合いさせて下さい。構いませんか」

「ええ、もちろん」

恵子は、ちょっと髪へ手を当てて、「濡れたまま寝てしまったので、ひどい頭になって

「……」

「大丈夫ですよ」

「もう朝食は——」

「九時ごろ起きて、すませました。——あ、コーヒーを」

と、若いボーイに頼んで、「あんまりよく眠ってらっしゃるので、起こすにしのびなくてね」

「妙な気分ですわ」

恵子は、まだ雨風の強い外の方へ目をやりながら、「本当なら今ごろは……」

「でも、良かったでしょう」

と、野崎は言った。「ここの朝食を、一度は食べるべきです。もったいない」

恵子は、野崎の言葉が今の自分の気持を正《まさ》に言い当てていると思った。

確かに、この朝食を食べられて良かった、と思っていたのである。

死のうという人間が、おかしいだろうか。

恵子がそう思うと、

「——それは自然なことですよ」

と、野崎が言った。「少しもおかしいことなんてありません」

恵子はびっくりした。

どうしてこの人は私の思っていることが分るのかしら。

野崎のコーヒーが来た。

「——どうも」

と、野崎は微笑んだ。

コーヒーを持って来てくれたのは、河合信子だったのである。

「すみませんね。もう閉めるんでしょう」

と、恵子は言った。

実際、ほとんど客は出てしまっていた。

「いえいえ。お入りいただいたからには、お食事を終えられるまで、のんびりしていただきますわ。夕食前にすませて下されば充分です」

と、河合信子は言って笑った。

十一時半からは、もうランチタイムに入るので、開けなくてはならないのだ。小さなホテルだから、食事をする場所はここしかない。

「すぐ出ますから」

女主人の親切な言葉にそう甘えるのも気が咎《とが》めて、恵子はそう言った。

——野崎と二人になると、恵子はパンの残りにたっぷりとジャムをのせて食べた。

「今日も、危いですね」

と、野崎は外へ目をやって言った。

恵子は苦笑した。「危い」という言い方がおかしかったのである。

「でも、昼間なら、足を滑らすこともないかもしれません」

と、恵子が言うと、野崎は止めるでもなく、

「もうじき昼で、チェックアウトする客がいますよ。しばらくはロビーも人が多いし、帰りに車があの崖を見通す格好で走って行きますからね、誰かが崖の方へ行こうとしているのを見たら、大騒ぎになるでしょう」

恵子は、ため息をついた。

「――明日はこの雨と風、止《や》むのかしら」

「予報ではね。明日の午後には晴れてくるそうです」

「わざわざ、予報を見て下さったの？」

「ロビーのTVが点《つ》いていたんですよ」

と、照れたように言う。

妙な人だ。天候が回復するということは、恵子が死ぬことである。それを承知で、天気予報を見ておいてくれているのだから。

それに――ゆうべ、あの嵐の中、恵子を助けてホテルまで運び、一晩、自分の部屋に置きながら、自殺をやめさせようと説教もせず、死のうとするわけも訊かなかった。

この人は、どういう人だろう。

ふしぎな気持だった。死のうとするときになって、こんな風に見も知らなかった男に関心を持つなんて。

いや、それは恋とかそんなものではなかった。ただ、この男を理解したいという素朴な好奇心だった。

そして、恵子は自分が未知なものへの興味とか、人間に対する好奇心といったものから、どんなに長い間離れて生きて来たか、そのことを思って愕然《がくぜん》としたのである。

朝食——といっても、昼食を兼ねてしまったようなものだが——をすませた恵子は、ロビーへ出た。

野崎から、

「お部屋へ戻るなら、ルームキーがいりますね」

と言われて、初めてキーを置いて来たことを思い出した。

「そうでした。いただいて来ますわ」

と言ったものの、フロントはチェックアウトの客が並んでいて、あの女主人と、もう一人のフロントの男性が忙しく応対している。

今、キーを下さいと声をかけるのは申しわけない気がした。

「──少し、ロビーで休んでからにします」

「そうですか。じゃ、お邪魔はしませんから」

野崎は軽く会釈してエレベーターの方へ歩いて行く。

恵子は玄関の扉まで行くと、昨日に劣らず荒れている戸外の様子を眺《なが》めた。

「お出かけですか」

と、若々しい制服のドアボーイが声をかけて来た。

「あ、いえ……。眺めてたの。この風と雨じゃ、一歩出たとたんにびしょ濡れね」

「ええ。せっかくおいで下さったのに、申しわけありません」

本当にすまなそうに言うので、恵子はおかしかった。天気まではホテルの責任ではない。

しかし、それを「申しわけない」と感じる心には共感した。

「とてもすばらしい風景なんです、晴れていますと」

ボーイは悔しそうだった。

「ええ、そうでしょうね。でも、嵐っていうのも、大自然の力を感じさせてくれてすてきよ」

もっとも、その中を出かけるのは「すてき」とは言いかねるけれど……。

「あと一日ほどで、この天候もおさまるようですけど」

と、ボーイは言った。「お客様はいつまでご宿泊で?」

そう言われて、初めて気付いた。――ゆうべ、けりをつけてしまうつもりだったので、一泊分の予約しかしていない！

「あの――決めないで来ちゃったわ。今夜、もう一泊、取れるかしら」

「大丈夫だと思いますが。確かめて来ます」

「あ、私がフロントで訊くから――」

と言いかけたときには、もうドアボーイは大股に行ってしまっていた。爽《さわ》やかな若者である。宿泊の延長など、彼の担当ではあるまいに、不確かな返事をしないようにしつけられているのだろう。

ボーイはすぐに戻って来た。

「早見さまですね？　もうご一泊、承《うけたまわ》りましたとのことです」

「ありがとう」

「それから――今、お部屋に清掃が入るところだそうです。二十分ほどお待ちいただければと――」

「まあ、わざわざどうも」

と言って――恵子は立ちすくんだ。

あの〈遺書〉！　それこそ、目につくように、ベッドの枕の上に置いて来た！

そのとき、チェックアウトをすませた客が、

「タクシーを呼んでくれ」

と、声をかけて来たので、ボーイは行ってしまった。

恵子は、エレベーターへと急いだ。

あれを見られたら——。それこそ大騒ぎになってしまう！

エレベーターは一番上の五階で停っている。

恵子は、階段を上ることにした。——右足の痛みなど忘れていた。

二階、三階。——やっと上ったものの、自分の部屋がどこなのか、思い出せない。

ルームナンバーは？〈302〉？〈303〉？

確か〈303〉だ。——廊下を、必死で急ぐ。

シーツや掃除機をのせた台車が、廊下にあった。今、係の女性がマスターキーでドアを開けようとしている。

〈303〉だ！

「すみません！」

つい、大声を上げていた。

「はあ？」

ドアを開けた手を止めて、係の女性が目を丸くしている。

「すみません！　私の部屋なんですけど——。あの——ちょっと入らせて下さい！」

「どうぞ」

呆気《あっけ》に取られている掃除係の前をすり抜けて、中へ入る。

枕の上。――あった！

恵子は、〈遺書〉と書いた封筒を取って、急いでバッグの中へしまった。

「ごめんなさい……」

と、喘《あえ》ぎながら、「お掃除、お願いします」

「はあ……」

一体《いったい》何をあわててるんだろう、と首をかしげている。

バッグを手に廊下へ出ると、恵子は心臓がいつものペースを取り戻すまで、しばらくじっと壁にもたれていなくてはならなかった。

「――何してるんだろ」

と、自分で自分に呆《あき》れている。

ゆうべ、きれいさっぱりとこの身を海へ沈めてしまうはずだったのに、転んで足を挫《くじ》いて、やりそこなった。ぐっすりお昼近くまで眠り込んで、たらふく食べ、今度はあわてて部屋へ遺書を取りに戻る……。

天候が悪いという、たったそれだけのことで、ここまで予定が狂ってしまうなんて！

廊下にいる間に、掃除がすんで、係の女性がさっさと次の部屋へ移る。

じゃ、部屋で少し休んでようか。

——歩き出そうとして、思い出した。

ルームキー！

せっかく部屋の中まで入ったのに……。また持たないで出て来てしまった！

とてもじゃないが、みっともなくて、あの掃除係の女性に、「もう一度入れてくれ」なんて頼めない！

恵子は、ため息をついて、エレベーターへと歩き出した。フロントへ行って頼もう。

それにしても……。私って、こんなにドジだった？

5

ロビーの隅《すみ》のソファに腰をおろして、恵子はしばらくの間、チェックアウトして帰って行く客を眺めていた。

むろん、外はまだ一向に雨も風もおさまっていない。あのドアボーイは次々にタクシーを呼んでは、客の荷物を運んで、ほとんど動きの止ることがなかった。

離れて見ている恵子の目にも、ボーイの額に汗が光っているのが見える。いや、それともタクシーへ荷物を運んで行くときに、降り込む雨にいくらか濡れてしまい、それを拭《ぬぐ》う暇もないのか。

フロントの会計が一段落すると、女主人、河合信子が玄関近くまでやって来て、客たちに挨拶《あいさつ》を始めた。

——恵子が感心したのは、こんな悪天候にぶつかって、一人や二人は機嫌の悪い客がいそうなものなのに、誰もがいかにも楽しげで、

「また来ますよ」

と、言って行くこと。

社交辞令で、あんなことをいちいちホテルの人間に言わないだろう。確かに、あの朝食でも分るように、この小さなホテルは、自分たちにできる範囲で最大限の努力をしていて、それが客にも伝わるのだ。

恵子も、夫とヨーロッパを旅したとき、どんなガイドブックでも「最高のホテル」とランク付けされていた由緒《ゆいしょ》のあるホテルに泊って、洗面台の下や棚の上が埃《ほこり》だらけなのを見てがっかりした経験がある。

伝統というものは、建物や食器ではなく、「態度」や「努力」のことなのである。「有名」という定評にあぐらをかいて、初めての客を小馬鹿にしたような態度をとっていると、じきにそういうホテルはどこかに買い取られたりして、伝統どころではなくなる。

こういう小さなリゾートホテルは、一度やって来たお客に、「また来よう」と思わせるこ

とが大切だ。そのことを、河合信子というオーナーは、よく分っている。

——朝、あんな時間にあれだけたっぷり食べたので、昼は抜きでいい。

恵子がのんびりと、タクシーが一台着く度《たび》に二人、三人と減って行くロビーの客たちを眺めていると、河合信子が思いがけず、恵子の方へやって来た。

「——やっと少し落ちつきましたわ」

と、微笑んで言う。

「お疲れさまです」

自分でも、こんなことを言うのは妙かな、と思った。

「晴れていれば、少し歩いていただいて、バスを利用していただくんですけど」

と、表の方へ目をやって、「このお天気じゃ……。退屈されるでしょう」

「いえ、そんな……」

と、恵子は言った。「あ、タクシーが——。いいんですか、ご挨拶なさらなくて」

最後の客は、五十くらいの穏《おだ》やかな紳士と娘くらいの年齢の女性。

「ええ、あの方たちはお送りしない方が」

と、河合信子が言った。「人目を忍ぶ旅ですから」

そうか。——確かにそうなのだろうと恵子の目にも映る。

そこまで気をつかう河合信子に、少々びっくりした。

この人の目に、私はどう映っているのだろう？

「あ、そうだ」

と、恵子は思い出して、「ルームキーを部屋の中へ忘れて出て来ちゃったんです」

と、照れ笑いした。

「そんなこと、ちっとも珍しいことじゃありませんわ」

と、河合信子は言って、「ご一緒しましょう。マスターキーを取って来ます」

「すみません」

恵子は、信子についてフロントのカウンターまで行った。

信子がカウンターの中へ入り、

「あら。――誰かが持って出てるんだわ」

「急ぎませんから」

「でも――。ちょっと待って下さいね」

と、信子が奥へ入って行く。

フロントには人がいなくなった。

恵子は、閑散としたロビーを眺めた。あのドアボーイも、やっとひと息ついている。

フロントの電話が鳴り出した。

すぐに奥から信子が駆けて来て、受話器を取る。

「——はい。〈ホテルK〉でございます」

「泊り客のことで伺《うかが》いたいんですがね」

男の声がよく響いて、カウンターにもたれて立っていた恵子にも聞こえた。

「何でございましょう?」

「野崎という客が泊ってませんか。野崎悠治《ゆうじ》というんですが」

恵子がふと目をやると、女主人の顔がやや青ざめていた。——初めて見る厳しい表情だ。

「大変申しわけありませんが、お客様のプライバシーに係《かかわ》ることはお答えできないことになっております」

と、信子が言った。

「そりゃ困ったな……。実は兄なんですがね、母親が倒れて危篤《きとく》なもので、何とか連絡したいんです」

「まあ、さようでございますか。——では少しお待ち下さい」

信子が送話口を押えてロビーへ目をやる。

恵子は、野崎がいつの間にかこっちへやって来るのに気付いた。

「——もしもし」

信子は再び電話に出た。「野崎悠治様ですね。お泊りでしたが、今朝早くチェックアウトなさいました」

恵子は、野崎を見た。河合信子よりも穏やかな顔である。

「そうですか。残念だな」

「お役に立てませんで」

「どこへ行くとか、言っていませんでしたか」

「さあ……。チェックアウト時はフロントが混み合いますので、個人的なお話は……」

「そうでしょうね。いや、失礼しました。他を当ってみます」

「どうも……」

電話を切ると、信子は、

「発《た》たれては？」

と、野崎に言った。

野崎はゆっくりと首を振って、

「こんなに居心地のいい所は他にないでしょうからね」

と言った。

信子は、それ以上言わず、また奥へ入って行き、すぐに戻って来た。

「さ、マスターキー、出して来ました。お部屋へ参りましょう」

恵子は、野崎の穏やかな笑顔と出会って、つい笑みを浮かべていた。

そして、信子についてエレベーターの方へ歩き出した。

「足、もういいようですね」

と、野崎に言われて、

「おかげさまで」

と、恵子はちょっと振り向いて答えた。

「──すみません」

恵子は、河合信子に部屋のドアを開けてもらって、中へ入った。

「ごゆっくり」

と言って、信子はドアを閉めようとしたが──。

「何か?」

「ちょっと……お話ししてもよろしいでしょうか」

「どうぞ。──お入りになって」

恵子は、バッグをテーブルにのせた。

信子は小さなソファに腰をおろすと、

「野崎さんのことなんです」

と言った。

「野崎さんが──」

「お祭しでしょうけど、あの方はここへ来て、自殺するつもりだったんです」

分っていた。はっきり意識はしていなかったが、分っていた。

そうでなければ、恵子が死のうとしていることを見抜けたはずがない。

「野崎さんは、組から追われて、十日前にここへ来たんです」

「組……。暴力団のことですか」

「ええ。何かまずいことをしたんでしょう。もちろん詳しくは聞いていません。あちこち、逃げて逃げて、逃げ回り、疲れ切ってここへやって来たんです」

信子は微笑んで、「ここなら、あの目の前の崖から飛び下りて死ねると思ったんでしょう。――妙なものですね。死ぬのなら、どこだって同じようなものだと思いますけど。ここへ着いた日はとてもいいお天気で……。野崎さんは、崖の所まで行って、長いこと海を眺めていたんです。私はホテルの中から祈るような思いで、死なないで下さい、もう一度やり直して下さいと願いながら見ていました……」

「野崎さんは、死ぬのをやめたんですね」

「やめたというより……先に延ばした、と言った方が……」

恵子には分った。野崎の気持が。

あまりの美しさに、一日だけ死ぬのを待とうと思い、あのおいしい朝食、焼きたてのパンを食べて、もう一度この朝食を食べたいと思った。そして、心地よいこのホテルの雰囲気の中で、あと一日、もう一日、と延ばして来たのだ。

「早見さん」

と、河合信子は言った。「さっきの電話、野崎さんを追っている人でしょう。ごまかし切れたかどうか分りません。あの方は死ぬつもりでいます。この先、どれだけ逃げ回ることになるか分らないし、どこか見も知らない土地で死ぬのなら、ここで待とうとしています。でも、私はあの方に生きていてほしいのです」

信子の目は真直ぐに恵子を見ていた。

「分りますわ。でも、私に何ができます？」

と、恵子は訊いた。

「あの方の気持がお分りになるのでは、と思って。——あなたも死ぬつもりでここへおいでになったのでしょ」

恵子は少しの間、返事ができなかった。むろん、否定してもむだだとは分っていた。

この人がそのことを察していないわけはなかった。

「——河合さん」

と、恵子は言った。「野崎さんと私とは違います。分って下さい。野崎さんは追われているのでしょう？　私はそうではありません。自分でこうしようと決めて、やって来たのです」

信子は、黙って恵子を見つめている。恵子は、何も言わずにいることはできなかった。ただ相手の頼みを拒《こば》めば、ひどいことをしたような気分になってしまっただろう。

「――いい年齢《とし》をして、馬鹿な真似をしてしまいました」

と、恵子は言った。「高校の同窓会で、学生のころひそかに憧《あこが》れていた男と再会しました。その人は学生時代の輝きをとどめているように、私の目には映ったのです。夫とは――この何年かうまくいかなくなっていました。そのせいもあって――。いえ、夫のせいだと言うのではありません。私も今になれば良く分ります。どうかしていたのですわ。二十何年も前のままの人がいるわけはないことぐらい、この年齢になっていれば分っていて当然でした……」

「その男性と恋をした――」

「騙《だま》されたんです。手もなくコロッと引っかかり、私は彼に夢中になりました。頼まれるままに、借金の保証人になったり、高利のローンを借りたりしてお金を作りました」

恵子はため息をついた。「言いわけはできません。彼がどんなに口が上手《うま》かったとしても、不自然な話だということは分ったはずです。でも、熱に浮かされていた私は、真実を見ようとしなかったんです……」

恵子は肩をすくめて、

「恥をさらすのも辛いことですけど、ある日、夫の職場に借金の取り立てがやって来て、すべてが明るみに出ました。そのときには、私もうすうす彼が嘘《うそ》をついていると察していたんですけど、もう泥沼から抜け出すすべはありませんでした。夫から問い詰められ、私はすべてを白状しました。——結局、莫大《ばくだい》な借金だけが残り、彼は姿を消していました。それだけではなく、彼は自分の勤め先のお金を横領していて、そのお金を女に注ぎ込んだと——つまり、私のことを挙げて、横領をそそのかした共犯だと同僚に話して、逃げてしまったんです」

「まあ、ひどい」

信子がたまりかねたように言った。

「遠からず、私も警察に呼ばれて取り調べを受けることになるでしょう。——それで決心したんです。娘のためにも——のぞみという、十六歳の女の子がいるんですけど、あの子のためにも、夫が会社を辞めなくてすむようにするためにも、私が消えるしかないと」

「でも、それではその男のしたことまでかぶってしまうのではありません？」

「仕方ありません。夫の会社でも、私が罪を悔いて自殺したとなれば、夫は同情される立場になるでしょう。娘も、母親が犯罪の共犯と言われる前に、命で罪を償《つぐな》ったと思えば、少しは母のことを見直してくれるでしょう。——ですから、私は自分の意志で、死ぬことに決めてやって来たんです。野崎さんのように生きのびるわけにはいきません。分って下さい」

恵子の言葉を、信子は注意深く聞いていたが、やがて静かに肯《うなず》くと、

「分りました」

と言った。「申しわけありません、無理なことをお願いして」

「いえ……。とんでもない。お力になれると良かったんですけど」

恵子は心からそう言った。

「――じゃ、フロントへ戻ります」

信子は、いつもの笑顔に戻って、「気の早いお客様は、もうチェックインされるころですから」

と、一礼して出て行く。

――恵子は、何だか今、河合信子に話すまで自分が死ぬためにここへ来たのだということを忘れていたようだった。

改めてその決心を思い起すと、のぞみのことがたまらなく愛《いと》おしく思える。

ふと、電話へ目が向く。――今日は土曜日だ。もう帰って来ているだろうか。

いつしか受話器を取り、家へとかけていた。――もう一度、のぞみの声が聞きたい。それだけだった。

「早見です」

のぞみが出た。――恵子は何か言おうとして、詰《つま》った。

何を言えばいいのか。何と話せばいい？

今、のぞみに向って、嘘の話をくり返す自信はなかった。

「お母さん？ ——お母さんね？」

のぞみが勢い込んで言った。「返事をして！」

恵子は戸惑った。どうしたというんだろう？

「のぞみ……」

「お母さん！ どこからかけてるの？ 今、どこにいるの？」

のぞみは知っている！

「のぞみ、あなた——」

「叔母《おば》さんから電話があったの。法事だなんて嘘ついて！」

そうだったのか。

「ごめんなさい、のぞみ。お母さん、大切なご用でね——」

「聞いた。お父さんから聞いたよ」

恵子は言葉に詰った。

「じゃあ……。知ってるのね」

「今、どこなの？ お父さん、それは教えてくれないの」

「お父さんは知らないわ。のぞみ、ごめんね。でも、こうするのが一番いいの。ね、分ってね」

「馬鹿！」

と、のぞみが怒鳴った。「お母さんの方こそ、何も分ってないじゃないの！」

「のぞみ……」

「私は——」

と言いかけて、「お父さん……。やめて！」

のぞみの叫び声。そして、電話は切れてしまった。

夫が切ったのだろう。——これでいい、と恵子は思った。

のぞみの声も聞いた。

後は……この嵐さえ過ぎ去ってくれたら……。

外では、まだ風と雨が逆巻くような勢いで暴れていた。

6

「明日は晴れるようですが」

と、野崎は言った。

「ええ」

恵子は別に天気予報を聞いたわけでも何でもない。

お互い、その意味することはよく分っている。

——ダイニングルームはほぼ満席の状態だった。今日やって来た客も少なくない。土、日とかけて泊っていく人が多いのは当然のことだろう。

一人で泊っている客は少ないので、ごく当り前のように恵子と野崎は一つのテーブルについて食事をとった。

「——晴れると、空気が澄《す》んですばらしい眺めです」

「そうでしょうね。あんまり美しいと、またやりそこなってしまいそうで困ります」

と、恵子は微笑んだ。

「やはり、気は変らないんですか」

と、野崎が食後のコーヒーを飲みながら言った。

「選ぶ道がないんです。私には」

と、恵子は言って、「でも、野崎さんはその気になれば……」

「あの人がしゃべったんですね。客のプライバシーには係らない人なのに」

「それをあえて破っても、あなたを救いたいんですわ」

「逃げるといっても、日本は小さな国ですよ」

野崎はちょっと目をそらして、「いずれどこかで見付かる。ゴミゴミした裏道で刺されて、のたうち回るのなんか、ごめんです」

「お気持は分りますけど……」

　恵子は、余計なことを言いたくなかった。この人とも係り合いたくない。しかし、あの河合信子のことを思うと、黙ってもいられなかった。

「でも、野崎さん、あの河合さんの身に危険が及ぶことを考えましたか?」

　野崎がじっと恵子を見つめて、

「——それは考えなかった」

「ね? あの人はあなたがもう発《た》ったと答えてるんです。もしここへその人たちがやって来たら——一人なのか二人なのか知りませんけど、河合さんにも手出しをするかもしれませんよ」

　野崎はしばらく何も言わなかった。——恵子は、自分が野崎の浸《ひた》っていた平和を叩き壊してしまったような気がして、申しわけなくなった。

「——警察へ届けることはできませんの?」

　と、恵子は言った。

「色々事情があるんです。僕につながる人間も五人や十人はいる。僕がおとなしく死ねば、ことはそれでおさまりますが、警察へ行ったとなると、そうはいかない。自分だけが助かっても、僕のそばにずっとついてくれた女までが辛い目に遭《あ》うのを放っておくわけにはいきません」

「そういうことがあるんですか……」

「しょせん、下《くだ》らないことですがね」

と、野崎は自分で笑って見せて、ダイニングルームの中を見渡した。「ここへ来たときの僕は荒れていたんです。ちょうど昨日今日の天気のようにね」

野崎はコーヒーカップを置くと、

「空くのを待ってる客がいる。出ませんか。申しわけない」

「あ、そうですね。気が付きませんでした」

二人は伝票にサインして、席を立った。

ロビーのソファは、食事の予約をして待つ人々でふさがっていた。

「——私の部屋でも」

と、恵子は言った。

特別に身構えるわけでもなく、野崎を誘ったのである。

明日は、すべてが終ると思うと、とりたててこだわる気にもなれない。

——恵子の部屋へ入ると、野崎は、カーテンを開け、外を眺めた。

風も雨も、確かに大分《だいぶ》弱まって来ているようだ。

「このホテルが僕を変えてくれました」

と、野崎は言った。「真面目《まじめ》に働く。心からのもてなし。自分の務めを果すための努力……。そんなものに価値を認めたことはなかったんです。ここだって、しょせんは商売じゃないか。儲《もう》けるためには、税金だってごまかしてるだろう。古い魚だって出すだろう。掃除だって手を抜いてるだろう……。そう思っていました」

野崎はソファに身を沈めた。

「しかし、二日、三日とたつにつれ、あの朝食のおいしさ、ドアボーイの懸命に働いてる姿、毎日替えられるタオルの柔らかさ、シーツのサラサラした爽《さわ》やかな感触……。これはいい加減なものじゃないと思ったんです。世の中にゃ、ずるく立ち回って、楽に金を稼ぐより、本気で自分の仕事に打ち込んで、もっともっと完璧なものにしようとするのを目標にしている人間がいるんだってことを知ったんです。これはショックでした。——僕のような人間は、そんな奴は世の中にいるわけがない、ってことを前提にして存在してたんですからね。でなきゃ、こっちは商売あがったりなんですから」

野崎は大きく息をついた。「そう考えると、突然目の前が開けたような気がしました。ちょうど、あの断崖の先の海のようにね。自分は世間のことを知ってるような気でいたのに、とんでもないことだった。本当は、狭苦しい、暗いあなぐらのような場所だけを世の中だと思っていたんです」

恵子はベッドに腰をかけて聞いていた。

「——でも、そう感じられるって、すてきなことですわ」

「それはたぶん、死ぬ覚悟をしていたからでしょうね。——でなきゃ、あなたの気持だって、分ったはずがない」

そう。その通りだ。

「野崎さん……」

恵子は、野崎が立って自分の方へやって来るのを、当然のように眺めていた。

野崎がベッドに並んで座ると、彼の腕が肩に回るのを感じ、ごく自然に彼の方へ体をあずけていた。

恵子は、野崎と唇を重ねた。

「――僕と、やり直しませんか」

と、野崎は言った。「死んだと思って。二人でなら、できるかもしれない」

「そう……。分って下さい」

恵子は、大きく息をついた。「これ以上はできないんです。私がもう少し若くて、子供もなかったら……。何もかも振り捨ててあなたと行ってもいいんですけど。でも、私は十六年間も娘の母でした。今、それをやめることはできません。女としては、あなたについて行きたい。でも、母として一旦《いったん》決めたことなんです。――ごめんなさい」

野崎は肯《うなず》いた。

「分りました」

「こうして部屋へお入れしたのにね」

「充分です」

と、野崎は微笑んだ。「あなたの心の中へ入れてもらえた」

恵子はもう一度野崎にキスすると、

「明日、朝の内にすませてしまいます。——これでお別れになるかもしれませんね」

と言った。

「僕も早起きしますよ。ここを出て、どこかへ行きます。あの人に迷惑をかけたくない」

野崎は立ち上った。「じゃあ……」

「おやすみなさい」

恵子はドアまで送って行って、もう一度野崎にキスして送り出した。

見送らず、静かにドアを閉める。

——野崎に抱かれても良かった。明日にはこの世から消える命なのだ。

けれども——それだからこそ、こだわるものが必要だったのである。ただ死ぬのではなく、自分から決断して死ぬのだということ。知っているのは野崎一人だとしても生きることに未練があると思われるのがいやだった。

だ。

もういい。これですんだのだ。何もかも。

——その夜、恵子はていねいに風呂に浸り、さっぱりとした肌をベッドのサラサラとしたシーツに横たえて眠った。裸のままで、赤ん坊のように、夢さえ見ずに眠ったのである。

カーテンを一気に開けた恵子は息をのんだ。

水平線があった。——どこまでも続く海と青空があった。

まだ少し風は吹いているようだったが、空には雲一つない。あれだけの雨と風の後だ。空気は澄み切って、どこまでもくっきりと焦点を結んでいる。沖合《おきあい》の、小さな白い波頭までも見ることができた。

「——死ぬにはいい日だわ」

どこかの本で読んだこの言葉を思い出して、恵子は呟《つぶや》いた。

さあ、今日こそ……。

恵子が身支度をして、バッグから遺書を取り出し、枕の上に置くと、ドアをノックするのが聞こえた。

「——おはよう」

やはり野崎だった。

「おはようございます」

恵子は微笑んで、「ぐっすり眠りましたわ。見ればお分りでしょ?」

「立派だ」

と、野崎は笑った。「ところで、もうフロントにあの人がいるんです」

「まあ、早い」

「どうでしょうね。あの人には僕とあなたが二人で出て行ったように思わせたい。あなたはすぐタクシーを降りて、反対側から崖へ回ればいい」

「野崎さん……。あなたはどうなさるの？」

野崎は少し照れたように、

「ゆうべ、女のことを思い出しましてね。この旅に出てから、一回も思い出したことなどなかったのに」

と言って笑った。「どうせなら、女と二人で逃げてやろうと……。逃げられるだけ逃げてやろうと思いました。女の方がまだついてくるつもりなら、の話ですが」

「きっとご一緒されますわ」

と、恵子は言った。「じゃあ……私も荷物を持って出た方が――」

「そうしていただけますか」

妙なことで、他人のことにこれだけ気をつかって自殺しようとする人間も珍しいだろうと思うと、おかしかった。

ともかくホテルを出るふりをすればいいのだ。――恵子はバッグを手にして、

「出かけましょう」

と、野崎に言った。

野崎がニヤニヤしている。

「――何かおかしいかしら、私の格好?」

「いや、そうじゃなくて――。ルームキーを持った方が」

そうだった! ルームキーを、また忘れて出ようとしていたのだ。

恵子は自分でも笑い出してしまいそうになるのを、何とかこらえた。

――二人がフロントへ向って行くと、河合信子がびっくりした様子で、目を見開いた。

「お世話になって」

と、野崎が言った。「発つことにしましたよ」

「そうですか……」

河合信子は恵子を見て、「ご一緒に?」

「ええ。一緒に出ます」

嘘《うそ》はついていない。恵子は、たぶんこの女主人が本当のことを察しているだろうと思った。

「今、駅へ行かれても……」

と、信子は時計を見て、「少し前に一本、下りがありましたけど、上りまで一時間、次の下りには一時間半くらいありますわ。こちらでゆっくりなされば?」

恵子と野崎は顔を見合せた。

「――じゃ、海を眺めて来ますわ」

と、恵子が言った。

「それでしたら、荷物はこちらでお預りしますわ」

「お願いします」

恵子と野崎は、ホテルから出た。

まだ、あのドアボーイは起きて来ていない様子だ。

風はあったが、爽やかで、一息吸い込むごとに胸が広がるようだ。

「――河合さんは分ってらっしゃるんじゃないかしら」

と、恵子は歩きながら言った。

「そうですね。ああいう人にかかっちゃ、こっちのように単純な人間は見透かされちまう」

と、野崎が笑う。「――崖へ出ますか？」

「さあ……。少しこのまま景色を見ていたい気もします」

恵子はそう言って、車の音に何気なく振り返った。

「早いお客様」

タクシーが一台、ホテルの前へ寄せて停った。

男が一人、降りた。

「離れて！」

と、野崎が鋭い声で言った。

「え？」

「危険だ。離れて」

向うも、野崎のことに気付いていた。——大柄なスポーツ刈りの頭の男だった。

手にさげたバッグの口を開けながら、大股に二人の方へやって来る。

「この人は関係ない！」

と、野崎は恵子を突き飛ばした。

道に転った恵子は、起き上ろうとして右足の痛みに顔をしかめた。

あの、痛めた足をまたねじったのだ。

顔を上げると、野崎が植込みを駆け抜け、柵を乗り越えていくのが目に入った。

追う男は、バッグを投げ捨てた。その手に刃物が光っている。

やめて。——やめて。

せっかくあの人が生きのびようとしているのに。やめて！

恵子は叫んでいるつもりだったが、声にはならなかった。

足の痛みに堪《た》えながら、何とか立ち上り、二人の男の後を追う。——危険だと分ってはいたし、野崎が恵子の身をかばって崖へと逃げたことも察していた。

それでも、放ってはおけなかった。

野崎が柵を抜け、崖へと斜面を駆け下りて行く。白い刃を光らせて、追う男の方も、苦労しながら柵をくぐり抜けた。

野崎さん。――野崎さん。

右足を引きずりながら、恵子は柵へ向って精一杯駆けて行った。

そして、柵に辿《たど》り着《つ》いたとき、恵子は倒れかけて横木にしがみついた。

崖の方を見ると、野崎が振り向いた。

崖の突端に、ごく当り前の様子で立っている。

野崎の背景には、ただ青い海と水平線だけがあった。恵子は野崎が何を考えているのか分った。

いや、考えているのでもあるまい。野崎は逃げることをやめたのだ。あの狂った白刃からでなく、自分を待っているものを、受け容れることに決めたのだ。

きっと――恵子が死ねば、それを見届けた上で野崎も死んだのだろう。それが少し早くなるだけだ。今の野崎の穏やかな表情はそう語っていた。

風が止んだ。波の囁《ささや》きさえ、息をひそめたようだった。

その瞬間に、波も風も見入っている。

男が白刃をかざして向って行く。野崎は、その懐《ふところ》へ飛び込むようにして、相手の体を抱え込んだ。

二つの体が、まるでダンスでもしているように回転すると、そのまま崖の向うへフッと消えて行った。

――恵子は、這《は》うようにして柵の間をくぐり、おとといの夜、転り落ちた斜面をお尻で滑りながら下りて行った。

崖は、思いのほか、まだ先にあった。

右足をかばいながら歩いて行くと、ずいぶん遠いように感じる。

やっと、来た。――私は自分が求めていた場所へ来た。

足下、はるか見下ろす岩々に波が白く泡立って、千々《ちぢ》に指を伸している。その指先が、高い崖を這い上って、足下に届くような気がした。

恵子は、その場にゆっくりと座った。

本当は――私の方が先にここから消えるはずだったのに。

妙なもので、恵子はもともと高い所が苦手なのに、今は下を覗き込んでも少しも怖くない。海は、その字に似た「母」のように、両腕を広げて恵子の来るのを待っていた。

――この二日間。

そうだ。この二日間だけでも、私は生きて来て良かった。この二日間を見出すために、私は生きて来たのかもしれない。

恵子は右足をかばいながら立つと、無意識に髪へ手をやった。落ちてしまえば髪なんかどうでもいいことなのだが、手が自然に動いてしまうのだ。

水平線を見て、大きく息をついた。

すると、

「お母さん！」

銃弾のように、甲高《かんだか》い声が飛んで来て、恵子はびっくりした。

振り返ると、のぞみがあの柵を乗り越えようとしている。——幻《まぼろし》かと思ったが、

「お母さん！　待って！」

幻はあんなにやかましくないだろう。

のぞみが、母親の方へ駆けて来ようとして、斜面で足を滑らし、アッという間に転り落ちていた。

「のぞみ！」

恵子は、あわてて駆けて行った。

「お母さん……」

のぞみが右足を押えて、体を起す。

「大丈夫？　——危いじゃないの！」

のぞみがそれを聞いて、痛みでしかめた顔を上げ、

「どっちが！」

と言った。

「そう。——それもそうね」

何だか妙なやりとりに、二人は顔を見合せ、やがて笑ってしまった。

「死なないでよ。——ね、お母さん」

「でも……」

「もう捕まえた！」

のぞみが母を両腕で抱きしめた。

もうその手を振り離すことは誰にもできないだろう。恵子は、黙ってくり返し肯いた。

——恵子は、のぞみを肩につかまらせて、立ち上ると、

「歩ける？」

「うん。——そこまででしょ」

二人は、苦労して斜面を上りながら、息を弾ませた。

「でも……よくここが分ったわね」

「電話くれたの。河合さんって方が」

そうか。ホテルの部屋から家へかけたので、番号の記録が残っていたのだ。

「朝一番の列車で来たのよ」

「よく早く起きられたわね」

柵をくぐって、二人は車寄せの道へと出た。

「お父さんがよく出してくれたわね」

「行くなって言われた。でも、自分のおこづかいで来たんだもん。文句ないでしょ」

と、のぞみは言った。

——恵子は、他に選ぶ道がないと思っていた。けれども、のぞみも「自分で選ぶ」年齢になっていたのだということを、忘れてしまっていたのかもしれない。

「大丈夫。——歩けるわ」

のぞみは言って、一人でゆっくりと歩いて行く。

「じゃ、手をつないで」

娘と手をつなぐのなんて、何年ぶりのことだろう。

二人で右足を軽く引きずりながら手をつないで歩いている。——はた目には、妙な光景だろう。

ホテルの玄関前にタクシーが停っていた。

「あ、そうだ」

のぞみが足を止める。

「どうしたの？」

「私、タクシー代、持ってないの。お母さん、貸して」

と、のぞみが言った。

みれん

1

あれは海の底だろうか。

フワフワと漂《ただよ》うように、白いものが、もつれ絡《から》まりながら動いている。

冷たさを感じないのは、もう何も感じなくなっているからだろう。当然のことだ。死んでしまえば、痛さも冷たさも感じない道理である。

といって、誰も死んだ人からそう聞いたわけではなし、本当のところはどうなのやら……。

でも、ともかく今は苦しくも痛くもない。深い深い海の底へ沈んでいるはずなのだが、意外に明るい様子だ。日の光はこんな海底まで届いているのだろうか……。

冴子《さえこ》。——冴子はどうしたんだろう。

離れることのないように、手首と手首をしっかり紐《ひも》でくくりつけておいたのだが。海へ沈んだとき、紐が濡《ぬ》れて固く締《しま》り、手首に食い込んで痛かったことを、高杉良一《たかすぎりょういち》は思い出した。

そして、紐で縛《しば》っていた右の手首を、無意識に動かすと、チクリと刺すような痛みが走って、それが高杉の感覚を目覚めさせた。

体を動かそうとすると、激しく咳込《せきこ》んだ。そして胸の辺《あた》りの、まるで内側から焼けただれているような痛みに身をよじった。

——俺《おれ》は生きている！

初めて、それに気付いたとき、視界のピントがゆっくりと合って来て、フワフワと漂う白いものは、洗ったシャツが紐にさげられてゆったりと揺れているのだと分った。

咳がやっとおさまると、高杉はそろそろと体を起こした。——薄い布団《ふとん》は何となく冷え冷えとしていた。

いや、それを言えば、部屋そのものが、どこか寒々として、石油ストーブが黄色い炎を上げていたが、部屋全体を暖めるには力不足だった。

紐にかけてあるシャツが揺れているのは、ストーブの熱気に煽《あお》られているからで、それが自分のシャツだということに、じき高杉は気付いた。

——ここはどこだろう？

なぜ俺はこんな所にいるのか。

古ぼけた一軒家である。ストーブがあまり役に立っていないのは、天井が今どきの家に比べてずっと高く、部屋も「風通しがいい」せいでもあろう。

耳がツーンと鳴って、痛んだ。飛び込んで耳をやられたらしい。当然のことだろう。

頭を何度か強く振ると、耳鳴りはややおさまって、波の響きが聞こえて来た。

海が近い。――何となくじとっとした空気も、そのせいかと思った。

ギッ、ギッと板の間の床が鳴って、襖《ふすま》がガタガタ言いながら開いた。

「――気分は？」

と、そのやせた女の子は言った。

黒っぽいセーター、スカート、髪が長い。潮の匂いから連想してか、まるで海底で揺れているコンブみたいだ、と高杉は妙なことを考えた。

「君は――」

「誰？」と、訊《き》こうとして、高杉はまた咳込んだ。胸が焼けるように痛い。

「じっとして！　静かに寝てて」

と、少女が急いでやって来ると、高杉を寝かせて、布団をかけた。「ずいぶん海の水を飲んでるのよ。喉《のど》が痛いでしょ」

「大……丈夫……」

やっとそれだけ言った。

「心配しないで。目をつぶって、眠るといいわ」

少女は冷たい手を高杉の額《ひたい》に当てた。もう一方の手を自分の額に当て、

「熱はないわね。——何か、飲む？　といっても、お茶ぐらいしかないけど」

「——もらうよ。ありがとう」

スッと息が喉を通る感じで、大分《だいぶ》言葉が自然に出た。

「待ってて」

少女は立ち上って部屋を出て行った。

あの子は、いくつぐらいだろう？　いささかやせ過ぎだが、あれでもう少し頬《ほお》がふっくらしていたら、なかなか端正《たんせい》な顔だろう。

そう。——たぶん、十六、七。しのぶと同じくらいの年齢だろうが、どこか大人びたかげを帯びている。

高杉良一は、どうやら自分が「死にそこなった」のだということは、認めなければならなかった。

心配は——冴子のことだ。青木《あおき》冴子。

二人は一緒にこの冬の海に身を躍《おど》らせたのだが……。

そして、布団の中で少し身動きした高杉は一瞬ドキッとして、それから赤面した。浴衣《ゆかた》らしいものを着ているが、その下はまるで裸なのだ。

ということは、あの女の子が脱がせたのだろうか？

「——いいお茶じゃないいけど」

と、少女が戻って来た。「欠けた湯呑《ゆの》みでごめんなさい。こんなのしかないの」

「ありがとう……」

お茶を一口すすって、高杉は息をつくと、

「僕はどうして……」

「海のそばなのよ、ここ。聞こえるでしょ、波の音が？　あなた、この海岸に打ち上げられていたの」

「一人で？」

「ええ、一人で」

少女は布団の傍《かたわら》に正座して、目を伏せると、「——手首に紐がくくりつけてあったんで、一人じゃなかったんだなってことは分ったけど……。紐は切れてました」

「そうか」

「——余計なことだった？」

そう訊かれて、高杉は、

「余計なこと？」

「助けない方が、良かった？」

少女の目は哀《かな》しげだった。

その目に、高杉は打たれた。考えてみればこんな大の男を、一体《いったい》この少女がどうやって運んで来たのやら。

「——君、一人で住んでるの」

「ええ。ここから高校へ通ってます」

と、少女は言った。「——私、こう見えても、力あるのよ」

「それでも大変だったろう」

「ござにのせて、引張って来たの。でこぼこした所を通ったから、体が痛いでしょ」

少女はいたずらっぽく言った。

「いや……。ありがとう」

と、高杉は言った。「助けてくれて、良かったよ」

少女が、じっと高杉を見つめて、

「本当？」

「——ああ」

「良かった」

と、目をそらす。「下着、もう乾いてるから」

と、立ち上り、出て行きかけて、

「私、信代《のぶよ》。安西《あんざい》信代です」

「僕は——」

「高杉良一さんね。手帳、見たわ」

と、早口に言うと、「ご飯の仕度《したく》、します！」

安西信代は、部屋を出て、襖《ふすま》を閉めた。

――冴子。

冴子。君一人、死なせてしまったのか。

胸が痛んだ。悲しい思いはあった。

それでも、なぜか高杉は、生きていて良かった、と思っていたのだ。

そう。――冷たいようだが、もう、死のうという気になれない自分に、気付いていたのである……。


電話を取った女の声を、向うは勘違いしたようだ。

「奥さん、それらしい二人連れが降りた駅ってのが、やっと分りましたよ」

遠いせいか、大きな声でしゃべる男だった。

しのぶは、少しためらってから、

「分りました」

と言った。「どこの駅ですか？　――はい。――はい。――〈中仏《なかぼとけ》〉？　――分りました。

――ええ、ありがとう」

メモをしっかりと書き直し、その一枚をピッと取ると、

「電話？」

と、母、高杉紘子《ひろこ》が居間を覗《のぞ》いた。

風呂上りで、頰をピンクに染めた母は、充分に美しい。

「うん」

と、しのぶはメモをたたんで、「友だちから」

「そう……。お父さんからだったら、呼んでね」

「分ってるけど……。かけて来ないんじゃない？」

「そうは思うけど……」

「放っときなよ。若い女と逃げたんじゃない」

「そうね。でも……どこへ行くのかしら。お父さん、慣れた所でないと落ちつけない人なのにね……」

紘子は、見えない遠くを望むように、視線を上げて言った。

「お母さん……。お父さんに帰って来てほしい？」

しのぶの問いに、紘子は少し考えて、

「そうね……。本人が帰りたくないのなら仕方ないけど、ともかく、会ってきちんと話したいわね。こんな曖昧《あいまい》な形でなく」

紘子は、首を振って、「でも、しのぶ、あんたは心配しないでいいのよ。おじいちゃんがついててくれるんだから、暮していくのに困ることはないし、大学だって、ちゃんと行けるわ。受験するのなら、そのつもりで勉強してね」

「うん……」

しのぶは、少しためらってから、「こんなときに……変かな。旅行に誘われてるんだけど」

「まあ、どこへ？」

「二、三日だけど、温泉に。クラスの子たちと。二年生でないと、もう出られないでしょ。高三になったら、いくら何でもね」

「大丈夫なの？　学校の方は、ってことだけど」

「明日から試験休みだもの。今週一杯《いっぱい》は平気」

「じゃ、行ってらっしゃい。高校生の内から温泉好きだなんて、面白いわね、今の子は」

母が承知してくれるだろうと、しのぶは予期していた。父がいなくなったということを、できるだけ「何でもないこと」にしておきたいのだ。

「じゃ、明日発《た》って、三日で戻るから」

「はいはい、向うから電話してね」

紘子は微笑《ほほえ》んで、「――寒いわよ。ちゃんとしたホテルに泊ってね。火事とか、怖いから」

「うん」

しのぶは、二階へと駆け上った。

誰と誰と行くことにするか、アリバイ工作をしておかなくてはならない。

自分の部屋に入って、しのぶは机の引出しから、一枚の写真を取り出した。——父と二人で撮った写真だ。

どこだっけ？——ああ、そう。オランダへ行ったとき。

お母さんがシャッターを切っているので、背景に、どこで撮ったか分る風物を入れておこうなんて、考えてもいない。どこかその辺の道端《みちばた》で撮ってでもいるようだ。

お父さんなら、いつも気をつかって、背景に風車小屋を入れたり、手前にチューリップの花を写し込んだりしている。そういう点、お父さんは気をつかう人だった。それがまた、楽しげなのだ。

でも——本当は楽しくなかったのかもしれない。楽しかったら、自分の部下の若い女と——青木冴子という名だということも、しのぶは知っていた——駆け落ちしたりしないだろう。

それとも、恋というのは、そんなものでもないのだろうか。

しのぶには分らなかった。——憧《あこが》れのような恋ならしたこともあるが、家族も仕事も、すべてを捨てて逃げてしまうような、そんな恋は、十七歳のしのぶの想像に余るものだった。

そうだ。——〈中仏〉って、どこの辺りなんだろう？

しのぶは、本棚の地図帳を取って来ると、ページをめくった。

父を見付けて——どうするんだろう？

そのときになってみなければ分らない。それでも、しのぶは父を追って行きたかった。

2

「こんちは」

と、玄関の方で声がした。「ごめんなさいよ」

高杉良一は、まだ布団の中でまどろんでいた。

ガラガラと玄関の戸の開く音。起き上った高杉は、襖《ふすま》の所まで行って、細く開くと、様子をうかがった。

「信代ちゃん。——信ちゃん」

赤い顔をした、五十がらみの女である。他人のものだったとしか思えない、まるで合っていないワンピースを着て、髪はボサボサに逆立っている。

誰だろう？　玄関の戸を開けて勝手に入って来るというのは……。

信代は、買い物に行くと言って出かけた。鍵《かぎ》をかけずに出て行ったのだろうか。それにしても——。

女は、上り込んで来た。そして、高杉の視界から隠れてしまったのだが、何かガタガタと音がしている。

その音には聞き覚えがあった。ゆうべ、信代の作った夕ご飯を食べているとき、彼女が写真や手紙を出し入れした引出しの音だ。

引出しを開けている？　――黙って隠れているわけにいかなかった。

高杉は、浴衣《ゆかた》のままだったが、朝、一旦《いったん》起き出して、ひげも当っていたので、そうひどいなりでもなかった。きちんと浴衣を直して、廊下へ出ると、

「――どなたです？」

と、声をかけた。

「ヒャッ！」

と、息を吸い込むような変な声がした。

「――何かご用ですか」

高杉が姿を見せると、女は胸に手を当てて、ハアハア息をつきながら、

「あんた……何だね？　びっくりした！」

引出しが半分開けたままだ。

「そちらこそ、どなたです？　信代は今、出かけてますが。黙って上られるのは、普通じゃありませんな」

高杉は落ちつき払った声で言った。

「あたしゃ……信ちゃんの面倒をみてるんだよ。留守に上ったたって、何も言われる筋合なんかないさ」

むきになっているのが、後ろめたさの証明である。

「何か探しものですか？」

と、高杉が引出しの方へ目をやると、女はあわてて引出しを閉めようとしたが、何しろたてつけが悪いのと、海の近くで湿気を吸うのか、引っかかって閉らないのだ。

「ああ、僕がやりましょう」

高杉は一旦《いったん》引出しを引いておいて、静かに戻した。「——ご用でしたら、伺《うかが》っておきますが？」

「いいや、結構！」

女は、後ずさって、「また出直すから」

と、玄関へ下りたところへ、

「ただいま」

と、信代が帰って来た。

そして、女を見ると、険《けわ》しい表情になって、

「何してるんですか！」

と、詰問《きつもん》した。

「寝てたら、ご自分で入って来られたんでね」

と、高杉が言うと、

「開《あ》いたから入ったのさ」

「嘘《うそ》！　鍵、ちゃんとかけたはずよ。大方《おおかた》、足で蹴《け》って、外《はず》して入ったんでしょう！」

「大きなお世話だよ！」

と、女は言い返した。「お前なんかに、文句言われる覚えはないよ」

「帰って。出てって下さい」

と、信代は怒りを押し殺した口調で言った。

「ああ。――お邪魔《じやま》さん」

と、女は高杉の方へちょっと愛想《あいそ》笑いをして見せると、逃げるように出て行った。

「――びっくりしたでしょう。ごめんなさい」

と、信代は玄関の戸を閉め、鍵をかけると、「いやな人なの。気にしないでね」

「引出しを勝手に開けたりしてたんで、黙ってられなくて」

「ありがとう……。父から仕送りがある日を知ってて、くすねに来るのよ」

「ひどいね。泥棒じゃないか、それじゃ」

「泥棒の娘からは盗んでもいいってことなんでしょ」

と、信代は微笑《ほほえ》んだ。「——具合、どう？」

信代は、手早くうどんを煮て、昼食にした。

高杉はその間に自分の服に着替え、二人でちゃぶ台でうどんをすすった。

「——世話になったね」

と、一息ついて、「こんな所に僕がいちゃ、君、何かとうまくないんじゃないの？」

「うまくないのは、もともと」

と、信代は笑った。「どうせ誰も私のことなんか相手にしてくれないからね。どんな噂《うわさ》されても、怖くないわ」

「しかしね、やはり突然、見も知らない男がここにいるとなったら……。町の人が怪《あや》しむだろう」

「私は平気」

と、信代は言って、「あなたは？」

高杉は少し考えてから、

「——僕自身はどうということはない。死にそこなった人間で、どうなろうといいが……。もし、警察にでも通報が行って、君に迷惑がかかると——」

「大丈夫。遠縁《とおえん》の人が来てると言っといたわ」

と、信代は言ったが、それで怪しまれずにすむとは、とても思えなかった。

高杉の重苦しい表情に見入っていた信代は、心配そうに、

「どうしても……ここにいたくない？」

と言った。

「違う。そうじゃないが……。君も見当がついてるんじゃないか。僕がどうして――」

「やめて、やめて！」

突然、信代は叫ぶように言って立ち上ると、部屋の中を追われるように歩き回り、数分もしてからやっと足を止めると、高杉の方を振り向いた。

「私……聞きたくない。人の辛《つら》かったことなんか、聞きたくないの。楽しかったこと、幸せだったことだけ聞きたい。世の中に、そういうものがあるってことを、知りたいの」

信代のその言葉には、自分が堪え忍んで来た、長い日々が秘められていた。

高杉は胸を打たれた。

「――君の気持は分るよ。だが、僕は話さなきゃならない。いつ、警官が来て僕を捕まえるか知れないんだ。突然そんなことになったら、君もショックだろ」

信代は、ペタッとその場に座り込んだ。高杉の方へ背を向けて。

高杉は、聞きたくないが、聞くことを納得した信代の気持を、その後ろ姿に見たような気がした。

「僕は、会社の金を使ってしまった。――何千万という金をね。それで遊んだというわけじ

ゃない。青木冴子という、部下の女性と、僕は愛し合うようになっていたが、彼女の親が作った借金で、彼女が追い詰められていた。僕は会社の金でそれを返してやった……」

高杉は、一息入れて、「――もちろん、僕には妻も子もあった。特に、僕が勤めていたのは、妻の実家が経営する会社だったんだ。――本当に申しわけないことをしてしまった。冴子も、自分のせいだと分っていたから、僕一人が罪になるのを、黙って見てはいられなかった。僕らは、一緒に旅へ出て、一緒に死のうということになった……」

高杉は、信代の背中へ、暖かく声をかけた。

「警察が追っているかどうか、僕は知らない。でも、自分のしたことからは逃げられないんだ。いずれ、誰かが追ってくる。僕がここで捕まったりしたら、君は町の人に何と言われるか……」

信代が天井を仰《あお》いで笑った。

「――私、平気よ」

「しかし……」

「そんなこと、何でもないわ」

と、振り返って、「私、お父さんが目の前で手錠かけられて連れてかれるのを、見てたんだもの」

信代の言い方は、むしろ自慢でもしているようだった。

自分の方が不幸だ。——そう思うことでしか慰《なぐさ》められない人生がある。

高校生の少女に、高杉はその実例を見ていた。

——信代は、パッとちゃぶ台へ戻って、

「うどん、冷めちゃう」

と言うと、急いで食べ始めた。

高杉も、残っていたうどんをきれいに食べ、おつゆも飲み干した。

「おいしかったよ。ごちそうさん」

信代はそれを聞いて嬉《うれ》しそうに高杉を見た。

——この子の父親が、なぜ捕まったのか、高杉は訊《き》こうとも思わなかった。

聞いたところでどうなるものでもない。

むしろ、今、高杉が考えなければならないのは、これから自分がどうするべきか、だった。

一度は死のうとした身である。——しかも、一緒に死ぬはずだった冴子だけを死なせてしまった。

本当ならば、高杉も後を追うべきなのだろう。しかし、こうして救われてみると、自分がどうして死のうとまで思い詰めたのか、ふしぎな気がしてくる。

やり直せるかもしれない。たとえ、一旦《いったん》はすべてを失ったとしても、自分にはまだ一からやり直せるだけの時間が残っている……。

そんな考えは、死んだ冴子に対してはひどいものだということはよく分っている。けれども、今、自分が生きているというのは現実なのだ。

高杉は、てきぱきと片付けをして台所に立つ、少女の後ろ姿を見ていたが、

「君は、ずっとここに一人でいるのかい？」

と言った。

「え？」

水のはねる音でよく聞こえなかったらしい。

信代は水を止めて、

「何て言ったの？」

「――いや、何でもない、大したことじゃないんだ」

一瞬、高杉はこの少女を連れて行こうかと思ったのである。だが、とんでもないことだ。この子は、ここで父親の帰りを待っているのかもしれない。仕送りがあるとも言っていた。

大体《だいたい》――高杉の娘と同じ年齢なのである。本気で、「一緒に連れて行こう」と考えた自分がおかしかった。

「良かったら、ずっといてもいいのよ」

と、信代は畳《たたみ》に膝《ひざ》をついて、「どうせ、私は一人ぼっちだし……」

「ありがとう。しかし——そういうわけにもいかないよ。君のことは忘れない。上着がまだすっかり乾いていないから——明日、ここを出て行くよ」

高杉の言葉に、信代は表情も変えず、

「それからどこへ行くの？」

と訊いた。

「さあ……。どこへ行くかな」

と、高杉は首を振って、「——お茶、もらえるかい」

「はい」

信代がパッと立っていく。

その自然さが、高杉の胸を、ふと熱くした……。

3

危《あや》うく乗り過すところだった。

しのぶは、ゴトゴトと揺れながらのんびり走る列車に乗って、居眠りしていたわけではないが、といって目が覚めてもいないという、中途半端な状態だった。

「なかぼとけ。――なかぼとけ」

という声がホームに響いて、

「あ、やっと着いたんだ」

と思ったのに、ボーッとして座席に座っていた。

それから、「私、何してるんだろう？」と思い、「降りるんじゃなかったっけ？」と思い付き、パッと立ち上って、

「降ります！」

と、叫んでしまった。

バスじゃないのだ。叫んだって待っててくれやしないのである。

あわてて駆け出して、

「ちょっと、カバン忘れてるよ！」

と、隣の席のおばさんに呼ばれ、あわてて取りに戻る。

本当にもう……。我ながらいやになる。

転《ころが》るようにホームへ出たが、車掌は、のんびりと駅員とおしゃべりなどしていて、まだ当分は動き出しそうにない。

何もあわてて降りることなかったんだ！

しのぶは、ふしぎそうにこっちを眺《なが》めている車掌の目を感じながら、せいぜい落ちつき払

った風で改札口を出たのだが……。

「ちょっと、切符！」

と、駅員に言われて、また恥をかくことになった。

しかし、ここまで来たものの、後はどうすればいいのか。その辺の人を捕まえて、

「うちのお父さん、知りませんか？」

と訊いたって、返事してくれるだろうか？

一応、父の最近の写真を一枚持って来たのだが……。

でも、ともかく駅を出たしのぶは、あまりに「何もない」のでびっくりしてしまった。

駅前といえば、商店街があったりロータリーがあって、タクシーが並んで客待ちしていて、旅館やみやげものの店の二、三軒もあって……。

でも、この町には、みごとに何もなかった。

どうして、お父さんたちはこんな寂しい所で降りたんだろう？

風は冷たく、しかも海が近いせいか、どこか湿っぽい。

どうしよう、と途方《とほう》に暮《く》れていると、グー……。お腹《なか》が空《す》いていたのだ。

駅前に、〈食堂〉と名のつくものが一軒だけあった。というわけで、しのぶの今なすべきことは自《おの》ずと決定していたのである。

ガラガラと戸を開け、中に入ると、三、四人の客が一斉《いっせい》にしのぶの方を見る。

けげんな目で見られるのも仕方ないというものだ。この小さな町の食堂に、見たこともない女の子が一人でボストンバッグを手に入って来たのだから。

「――いらっしゃいませ」

太ったおかみさんが、お茶を持って来てくれる。それだけでも、寒さの身にしみたしのぶには嬉《うれ》しかった。

「何にします?」

「ええと……。何か食べるもの」

妙なことを言ったせいか、お客たちが笑い出した。

「あの――それじゃ、天丼を」

と、目についたメニューを頼んだ。

TVが点《つ》いていて、演歌が流れている。何だか、この場面に合い過ぎのような気がした。

ともかく熱いお茶をすすって、一息ついていると、ガラッと戸が開いて、冷たい風が吹き込んで来た。

コートを着て、えりを立てたその女の人は、端の方の席について、

「早くできるものを」

と言った。

「カレーうどんでしょうかね」

「じゃ、それでいいわ」

カレーうどん！　私もそれにすれば良かった。

しのぶが後悔しながら、チラッとその女性の方を見ると——。

その女性はタバコに火を点けたのだが、手が震《ふる》えていて、なかなかマッチの火がタバコにつかない。

どうしたんだろう？　しのぶは何となくその女のことが気になった。

「——いいぞ！」

客の男たちは、そのTVに出ている女の歌手のファンらしい。一曲終ると、生の舞台でも見ているかのように、拍手した。

「電話、お借りできる？」

と、その女が席を立って、店のおかみさんに声をかけた。

「どうぞ。これです」

「すみません」

しのぶは、ぼんやりTVを眺《なが》めていた。

——どこに行ったものか。旅館なんか、この町にあるのだろうか？

交番へ行って訊《き》くってわけにいかないし。

そう。ここの店の人に訊いてみよう。お父さんもここへ寄ったかもしれない。

「——もしもし」

と、女が小声で話していた。「——ええ、私です。——そうです。今、〈中仏〉という所で。——はい、何もかもすみました」

東京の人だわ、としのぶは思った。

訛《なまり》がないというだけでなく、しゃべり方のテンポや歯切れの良さが、仕事のできる人、という印象なのである。

「——いつ、ご連絡したら？——分りました。——ええ、〈青木〉ではちょっと。何か考えますから……」

——しのぶは、呆然として座っていた。

青木。——青木冴子というのは、お父さんが一緒に逃げた女の名前だ。

青木……。青木ではちょっと。

しのぶは、女が電話を切って席に戻るのを、じっと見ていた。

ほとんど直感的に、その女が青木冴子だと思っていた。

確か二十八歳。年齢もそれくらいだ。

東京でOL生活をしていた空気が、身についている。座り方、電話のかけ方一つ、どれもそうだ。

これが青木冴子なら、お父さんがどこにいるか知っているはずだ。少なくとも、ここまで二人で来ているのだから……。

女はせっせと手帳を出して何かメモをしている。

しのぶは、迷った。ここで見失ったら、またどこで会えるか分らない。

思い切って——しかし、少し考えてから、しのぶはわざと女から目をそらして、

「青木さん」

と、ごく普通の声で言った。

女がハッと顔を上げる。

「やっぱり」

しのぶは立ち上ると、その女の前の席に座り、「青木冴子さん、お父さん、どこにいます?」

まるで世間話でもしているような口調で言った。

「何か人違い——」

と、女は笑いを作って、そう言いかけたが、「お嬢さんですか、高杉さんの」

「そうです。高杉しのぶです」

真直ぐ見つめる、しのぶの目に、青木冴子はとぼけ切ることはできなかったのだ。

「——いるかね」

いるに決っているのに、そのセリフは妙なものだった。

玄関の格子戸《こうしど》からは、中にいる信代がはっきり見えているはずだったのである。

「今開けます」

信代は、戸を開けて、「ご用ですか」

と、その警官に言った。

高杉は、呼びかける声を聞いた信代が、

「ここの駐在さんだわ」

と立ち上るのを見て、奥の部屋に戻り、耳を澄ましていた。

「客がいるそうだね」

「ええ。遠縁のおじさんです」

と、信代は言った。

「ちょっと挨拶《あいさつ》したくて伺《うかが》ったんだが」

——大方《おおかた》、さっきの女が告げ口したのだろうと高杉にも見当がついた。

「ちょっと風邪《かぜ》気味で伏せってるんですけど。——おじさん、ちょっと起きて来られる?」

と、信代が呼んだ。

出て行かなければ、却《かえ》って怪《あや》しまれる。そう思ったのだろう。

高杉は、襖《ふすま》を開けて、出て行った。

「おじさん。ここの駐在の天沼《あまぬま》さん」

「これはどうも。信代がお世話になりまして」

高杉も、そつなく接するのには慣れている。

「東京の人かね」

「はい。青木と申します。この子の母親の方の親戚でございまして」

「ふむ。——何か特別な用でみえたのかね」

「仕事で近くまで参りましたので、信代がどうしているかと思って立ち寄りました。少し風邪で熱を出したもので、一晩厄介《やっかい》になったんですが」

「そうですか。——すると、この子の父親とは？」

「それが、会ったこともありませんので。何しろこっちの方へはさっぱり来たことがありませんでして」

「そうですか」

日焼けして、太っているせいか、制服がきつそうだ。

面白くなさそうな目つきで、高杉をジロジロ眺めていたが、その内、ヒョイと肩をすくめ、

「じゃ、失礼するよ」

と、外へ出ようとして、「いつまでいるつもりかね？」

「二、三日したら、発《た》つつもりです。仕事の具合で、分りませんが」

「そうか」

と言って、出て行く。

信代は、戸を閉めて、

「――ドキドキした」

「何かボロが出なかったかな」

「ええ、大丈夫」

信代は、上って来て、「ごめんなさい。さっきのおばさんが何か言いに行ったんだわ」

「ああ、そうだろうね。見当はついたよ」

信代は、茶の間に入るとペタッと座って、

「あの天沼って人が、お父さんに手錠をかけて連行して行ったの」

「そうか」

「でも、途中で、お父さんがあの人を殴《なぐ》って気絶させ、手錠を外して逃げたのよ」

と、信代は言った。「天沼さんに手錠をかけて、車のドアにつないで、鍵を投げ捨てて……。天沼さん、散々怒《おこ》られて、処分もされたはずよ」

信代は、大きく息をついて、

「それから、お父さんはずっと逃げてる。そして、毎月お金を送ってくるの」

「じゃあ……あの警官は君のことを目の敵《かたき》にしてるわけだね」

「無理もないけど。——車につながれた手錠が外せなくて、町中の人に見られてる中で切断してもらったのよ。ひどい恥をかいたわけでしょ。お父さんを殺してやりたいと思ってるでしょうね」

高杉は、信代が濡れた目でじっと見つめて、

「やっぱり、あなたは行った方がいいわ」

と言うのを聞いた。

その声が震えているのも、聞いた。

「ここにいたら、あなたが……」

「ああ」

高杉は肯《うなず》いた。「僕の話を疑っているかもしれないしね」

「でも……明日ね。明日にしてね、せめて」

高杉は、信代の手を、思わず握りしめていた。

信代がその手をつかんで自分の頰へ押し当てる。高杉は、手の甲に涙が伝っていくのを、くすぐったく感じていた。

4

「あら、雪だわ」

食堂のおかみさんが、表を覗《のぞ》いて言った。

それは何だかお芝居《しばい》の中のセリフででもあるかのようで、

「じゃ、早いとこ出よう」

と、店でのんびりTVなど見ていた男たちがあわてて立ち上るところも、よく見る反応だった。

閑散《かんさん》としてしまった店の中、TVからは相変らず演歌が流れ、高杉しのぶは、父と駆け落ちした青木冴子と向き合いながら、天丼を食べていた。青木冴子はカレーうどん。

雪の寒さの中では、「やっぱりカレーうどんの方が正解だったかな」などと、しのぶは呑《のん》気《き》なことを考えていた。

「――さっきの電話の相手は父ですか」

と、しのぶは訊いた。

「いいえ」

と、冴子はお茶を一口飲んで、「助けてくれている友だちです。迷惑はかけたくないんですけど、私一人では……」

「父とはどこまで一緒だったんですか」

「この町です。——二人では目立つからとおっしゃって。『ここから先は別行動にしよう』と」

「それで——どこへ行くと言ってました？」

「よく分りません。無責任な言い方で、腹が立つでしょうね。でも、お互い、知らない方が、捕まった後でも、嘘《うそ》をつかずにすむ、と……」

店のおかみさんは奥で器を洗っている。水音も派手《はで》で、二人の声は聞こえていないだろう。

「お父様を巻き込んでしまったことは申しわけないと思っています」

冴子は先に食べ終って割りばしを置いた。

「——どういうことだったんですか」

「何もご存知ない？」

「母は知っているのかもしれませんけど……。いえ、たぶん、あなたと父が二人でいなくなった、ということしか知らないと思います」

「それなら……お辛《つら》かったでしょうね。私のために。——お父様のことを許して上げて下さい。お父様は私が親の代りに負った借金を、肩替りして下さったんです。でも、そのお金は会社のものでした」

お金……。しのぶも、いくらかそんなことは察していたが、直接の原因とまでは考えていなかった。

「私が悪いんです。高杉さんは、ただ私を助けて下さっただけで……」

冴子は、少したためらって、「もちろん、隠すつもりはありません。私たちは関係を持って

ました。愛し合っていたと――今でも、そうだと思います。でも、もう、たぶんお目にかか

ることはないでしょう」

「じゃ、父は今どこに？」

と、しのぶは訊いた。

「私もはっきりしたことは分りません。でも最後に別れたのはこの町です」

「いつですか？」

と、身をのり出す。

「今日の昼ごろです。――まだ何時間か前のことですわ」

「どこで別れたんですか？　そこへ連れてって下さい」

しのぶの言葉の勢いに押された様子で、

「分りました」

と、冴子は言った。「でも、もうそこにいらっしゃらないかもしれません」

「構《かま》いません！　誰かが行方《ゆくえ》を知っているかもしれないし」

「そうですね。――じゃ、ご案内します」

冴子はガタつく椅子をさげて立ち上った。

「お代、払います」

「まさか、そんなわけには……。じゃ、自分の分は出しましょう」

おかみさんが出て来て、二人はそれぞれ払いをすませて店を出た。

――雪が舞っていた。

東京ではめったに見られない、乾いた雪で、しのぶのコートに付いても、軽く手で払うと、サラサラと落ちていく。

「――寒いわね」

と、冴子はマフラーを巻いて、「大丈夫ですか？」

「若いですから」

と、しのぶは言ってやった。

本当のところ、寒さには弱い。でも、この女の前で弱音《よわね》は吐《は》きたくなかった。

「さあ、それじゃ急ぎましょう」

二人が歩き出すと、ガラガラと背後で戸が開き、

「ちょっと！　忘れ物！」

振り向くと、あのおかみさんが、手さげのビニール袋を高く持ち上げて見せた。

「いやだ。置いて来ちゃった」

青木冴子は照れたように言って戻ると、その袋を受け取った。

「気を付けて。雪がひどくなりそうだよ」

おかみさんが、しのぶの方へも向いて、そう注意してくれた。

しのぶは、冴子と共に降りしきる雪の中を歩き出した。

冷えた空気がしのぶの胸を満たす。

——お父さん、待っててね！

父のことを考えて、寒さを忘れようとした。もちろん、忘れられるものではないにしても、いくらか体の中が熱くなる。

どっちへ向っているのか、しのぶは全《まった》く分らないまま、雪の中、青木冴子の後ろ姿を見失うまいと必死だった……。

「——雪だわ」

と、信代が言った。

「寒いわけだな」

高杉は起き上って、「風邪、ひくよ。ここへおいで」

「うん！」

信代は、声を弾《はず》ませて高杉の布団の中へ滑り込んで来た。

「手足の先が冷たいね」

「あっためて」

信代は、高杉に抱きついて来る。

暖房も充分でない部屋の中、暖かくしているには、こうして抱き合っているのが一番手っとり早かった。

もちろん、それが理由で高杉が信代を抱いたわけではない。

高杉は、服を着ていると、やせて少し見すぼらしい印象さえある信代が、こうして裸になると「女」を充分に感じさせる体つきになっていると知った。

「――難しい顔して」

と、信代は笑った。

「そうか？」

「額《ひたい》にこんなしわが寄ってたわ」

と、信代が大げさに眉を寄せて見せる。

「若くないんだ。仕方ないさ」

「でも……。考えたんでしょ。悪いことをした、とか」

「うちの娘と同じ年齢だよ、君は」

「私、あなたの娘さんじゃない」

それはそうだ。──まさか、この子を抱こうとは思わなかった。

「一緒に死のうとした人にも、悪いと思った？」

「そうだな……。たぶん」

冴子。──冴子。こんなだらしのない僕を、君は軽蔑《けいべつ》するだろう。

「心配しないで」

と、信代が指先で高杉の胸をなぞりながら、「初めてじゃないし、私、可哀そうな女の子って役、嫌いなの」

「好きな男がいるの？」

「いたわ。──もう今じゃさっぱり……」

信代は、いつの間にか部屋の中が薄暗くなっているのに気付いて、起き上った。

「起きるのか」

「あなたは寝ていて。夕ご飯の仕度するわ」

「この雪だ。あるものでいいよ」

「私、『ありあわせ』って好きなの」

信代は布団の中から手を伸して下着を取ると、布団の中で身につけた。

「明日は、雪で列車が動かないかもしれないわよ」

信代の声音は、それを期待していた。

少女が台所へ姿を消すと、高杉は布団の中で、相変らずいくら寝ても治り切らない、ボーッとした気分でいた。

まさか……。まさかあの少女とこんなことになろうとは。

どっちが誘ったというわけでもない。ふと気が付くと、信代のかぼそい体を力一杯《いっぱい》抱きしめていたのだった……。

愛だの恋だのというものとは違う。孤独が二人を結びつけた、と言っても良かったろう。だから、高杉も冴子を裏切ったとは感じなかったのかもしれない……。

高杉も布団を出て服を着ると、窓辺に寄って、もうずいぶん暗くなった空から崩《くず》れるように落ちてくる雪を眺めていた。

――信代が手早く夕食の仕度《したく》をしてくれる。

都会の子と違って、電子レンジでレトルト食品を温めるというわけではない。その器用さに、高杉は感心したりしていた。

「――母が早く亡くなったから」

と、食事しながら、信代は少し照れて言った。「ずっと家のことはやって来たんですもの。慣れれば大した手間じゃないわ」

「しかし、大したもんだ。いい嫁さんになれるよ」

高杉は古風な言い方をした。「うちの女房は僕以上に付合いが広くて、ほとんど毎晩のように外食だった。僕も忙しくて、連日残業だったけどね。——どっちがどっちの原因ってわけでもない。そんなものなんだ、夫婦って」

「でも、それじゃ娘さんが寂《さみ》しいわね」

「どうなのかな。——そんなこと言われたこともないが」

しのぶ……。しのぶのことを、高杉はあまり考えていなかった。

この信代と同じ十七歳だといっても、しのぶの方はひどく子供っぽく見えて、それは当然、育った環境も違っているのだから仕方のないことだ。

ただ——しのぶが、いつか今日の信代のように、高杉の知らない男の腕に抱かれて過すことがあるのかと思うと、奇妙な感じがした。

「きっと心配してるわよ。お父さんはどこで何してるだろう、って……」

「そうかな」

まさか、娘がこの町へ来ているなどとは思ってもみない高杉である。

電話が鳴って、高杉はギクリとした。危《あや》うく手から茶碗を取り落すところだ。

もう今どきほとんど見かけない、黒い重いダイヤル式の電話で、ベルがけたたましく大きく鳴るので、びっくりしたのである。

信代は立って行って、受話器を取った。

「――はい。あ、天沼さん。先ほどはどうも」

あの警官だ。高杉は立って行って、そっとしのぶの傍《かたわら》に膝《ひざ》をつく。耳を寄せると、あの不機嫌そうな声が洩《も》れて来た。

「――じゃ、今は一人か」

「ええ。おじさんはお風呂です。何か？」

高杉のことを調べて、突き止めたのだろうか。それとも、「逃亡中の横領犯」として照会が来ているのか。

「いや、そうじゃない。ただ……。なあ、信代。いつかこうなるってことは分ってただろ？しっかり、覚悟を決めてくれ」

信代の顔からゆっくりと血の気がひいていった。

「――お父さんのこと？　そうなんですね」

声が震《ふる》えた。

「そうなんだ。さっき、九州から連絡があって、工事現場の事故で死亡者が三人出たらしいんだが、その一人が――」

「死んだ？　お父さんが？」

「俺自身で確かめたわけじゃない」

と、天沼は言った。「そいつが、まだ出してない手紙を持ってて、それの宛名《あてな》がお前だったってことだ」

「――そうですか」

「ま、力を落すな。遺体をどうするのか、問い合せて、また知らせる」

天沼は、むしろ楽しんででもいるかのような口調で話して電話を切った。

ツーツーと連続音の洩《も》れる受話器を、信代は握りしめたまま座っていた。

高杉が受話器を取って戻してやる。

「――気の毒だったね」

と、高杉は言った。「向うへ行った方がいいんじゃないか？」

だが、信代は聞いていなかった。

「分ってた……。分ってたわ……」

と、呟《つぶや》くと、震える体を自分の手で抱きしめるようにして、「私が他の人を抱いたから死んだんだわ……」

「信代――」

「出てって！　あなたが死んでれば良かったのよ！」

と、信代は激しく高杉を突き離して、

「あなたさえいなかったら――お父さん！　お父さん……」

畳に突っ伏して泣く信代を、高杉はただ見守っていることしかできなかった。

5

「――凍《こご》えそうね」

と、青木冴子は言った。「ごめんなさい、こんな所まで連れて来て」

「いいえ……」

しのぶも、あまりの冷たい風に体の芯まで凍《こお》りつくようで、ここで父が青木冴子と別れたのだと聞いても、特別な感慨を抱くだけの気持のゆとりは失くなっていた。

雪は、降っているのか舞い上っているのかも定かでなく、強い海からの風に吹き散らされていた。

そこは小さなバス停で、古びた待合所は屋根があるだけましだったものの、三方を囲われただけで、ちゃんとした建物になっているわけでもなく、寒さをしのぐ用はなさなかった。

バスを待つ人もなく、時刻表を見ても、一日に四、五本のバスが通うだけ。最後のバスまで一時間もあった。

「ここから乗って行ったんですか」

と、しのぶは訊いた。

「たぶんね。乗ったところを見たわけではないから分らないけど」

と、冴子は言った。「どうする？　もう暗くなるわ」

言うまでもなく、すでに辺りには夜の気配が忍び寄っている。

「バスを待って、乗って行きます」

と、しのぶは言った。

「そう……。でも、一時間もあるし、凍《こご》えてしまうわ」

「大丈夫です。座ってじっとしてますから」

本当は大丈夫どころではなかった。町へ戻って、ともかくどこか暖かい所へ飛び込みたいところだ。

しかし、それでは何のためにここまで来たのか分らなくなる。父に会えるとは限らないけれども、少なくとも、できるだけのことはしてみよう。

「分ったわ。——私は町へ戻ります」

「ええ、あなたのことは警察にも言いません」

しのぶなりの義理立てと言うべきか。

「それじゃ……。気を付けて」

と、冴子は言ったが、「——でも、やっぱり無理をされない方が。明日にするとか……」

「大丈夫です」

早く行ってよ！　しのぶは心の中で叫んだ。冴子の前で、平然として見せているには大変な努力を要したのである。

「じゃあ……」

と、冴子は会釈して歩き出したが——。

数メートル行ったところで足を止め、

「あれ、何かしら？」

と、声を上げた。

「え？」

「今……。コートのような物が飛んだんです。あれって、お父様のコートじゃなかったかしら？」

しのぶは駆けて行って、冴子が指さす方を見た。しかし、雪が舞って視界ははっきりしない。

「ここにいて下さい。見て来ます」

と、冴子は言った。「あっちは海です。崖《がけ》になってるから、危いわ」

「行きます」

と、しのぶは冴子について、雪が積り始めているゆるい斜面を下りて行った。

一応低い柵《さく》があって、その先は崖になって海へと落ち込んでいるのだった。

「――どの辺に？」

「確かこの辺りです。――錯覚かしら」

と、冴子は周りを見回した。

「お父さんが――ここから飛び下りた、とでも？」

「そんなことは……。もし、そんなことになったら、私も生きていられません」

父が、もしかしたら、この冬の冷たい海へ。――そう思うと、しのぶは思わず柵の方へ寄って、足下を覗《のぞ》き込《こ》んだ。

白く波が砕《くだ》ける岩を見下ろしていると、めまいがしてくるようだ。

「危いですよ」

と、冴子がしのぶの後ろから近付いた。

「もし落ちたら、大変ですよ」

冴子の両手から荷物が落ちる。

そして、冴子は両手を上げて、しのぶの背中へ当てると、力をこめて押した。

もう部屋の中は真暗だった。

高杉は、どうしたものか困って、ただじっと暗い室内に座っていた。

泣き声は大分《だいぶ》前にやんで、信代の息づかいも静かになって来た。時々、ぐすっとすすり上げる音がするが、泣いてはいない様子だった。

ふと立ち上る気配がして、明りが点《つ》いた。

「――ごめんなさい」

信代は明るい声で言った。「もう大丈夫」

「うん……」

「寒いわね」

信代は石油ストーブの火を点けた。

高杉は、初めて今まで室内が凍《こご》えるほど寒かったのだということに気付いた。

「――信代。君、ここにいていいのか」

「死んだ人に会いに行っても仕方ないでしょ。私にとっては、ただそこにいてくれるだけじゃ、お父さんじゃないの。私を抱きしめてくれる人じゃなくちゃ、お父さんじゃないの」

高杉は、信代の目に光るものを見付けた。それはさっき、高杉の腕の中にいた信代が見せた光だった。

「――お父さんは、私の恋人でもあったの」

と、信代は言った。「小さいころから、私のことになると我を忘れたわ。母は出て行ってしまった……。お父さんはますます私だけを可愛がるようになって、いつも私はお父さんと一緒にお風呂に入り、一緒に寝た……。いつ、そうなったのか、はっきり憶《おぼ》えてない。たぶん……十三か十四か……。少しもふしぎなことじゃなかったわ。当り前のことだった。でも――町の噂《うわさ》になるのは避けられなかった……」

高杉は、黙って聞いていた。他にどうしようもない。

「お父さんは、私の担任の先生にけがをさせたの。若い男の先生で、私とお父さんの噂を聞いて、心配してやって来た。お父さんは、先生が私のことを『狙《ねら》ってる』と言って、殺そうとした……。私が止めなかったら、本当に殺してたわ。先生は頭から血を流しながら逃げて行った……」

信代はちょっと笑った。「でも、先生の方も、殴《なぐ》られたって訴え出るのが悔《くや》しかったらしくてね。お財布《さいふ》を落して行ったんで、それをお父さんが盗《と》った、って届け出たの。お父さんはそれで逮捕されることになったのよ」

高杉は、その後の信代が、学校でもこの町の中でも、孤立してしまったに違いないことを思って、胸を痛めた。それでも、ここに暮していたのは、その父親からの便《たよ》りがここへ来ていたからだろう。

「――人に話すようなことじゃなかった」

と、信代は顔を伏せた。

「分ってる。――僕は君のお父さんの代りにはなれないよ」

「そんなことないわ」

信代は激しく首を振って、「そんなことない！」と、高杉の膝《ひざ》へ身を投げかけて来た。

高杉は、信代の震える体を抱いて、

「君は……どうする」

と言った。「ここにいるのか」

「ここにいても……お父さんがいなきゃ、仕方ないわ」

信代は高杉の膝を枕《まくら》に、仰向《あおむ》けに寝ると、「どこかへ行くのなんて、面倒だわ。——ね、お願い」

「何だい？」

「一緒に死にましょう」

あまりあっさりと言われたので、高杉は面食《めんく》らった。

「しかし君は——」

「嘘《うそ》ついてたの」

「何のことだ？」

起き上ると、信代は立って行って、小さな引出しから、何かを取り出して来た。

「——見て」

高杉の前にポンと投げ出されたのは、よじれた紐《ひも》だった。

「これは……」

「あなたの手首に結んであった紐」

高杉はそれを手に取った。

「──私、紐が切れてたと言ったけど、正確に言うと──切ってあったのよ」

高杉にも、その端が刃物で切ったに違いないと一目で分った。

「──彼女は、とても泳ぎの達者な人だったんでしょ。刃物を隠して持っていて、飛び込むと同時に手首の紐を切って、どこかへ泳ぎ着いたはずだわ」

高杉は、自分の中の何かが音をたてて崩《くず》れていくのを感じた。

我が身を死にまで追い込んだのは何のためか。──冴子。冴子。

俺はすべてを捨てて、お前のために……。

いや、そんなことを口にするのも虚《むな》しい。

高杉は、自分と冴子をつないでいた紐を、壁に向って叩きつけた。

「あの手さげ袋の中身がね」

と、食堂のおかみさんが言った。「濡《ぬ》れた服だったの」

──やっと、しのぶの体に感覚が戻って来た。

「さあ、これを飲んで」

出された熱《あつ》いミソ汁を、しのぶはこわごわすすった。――その熱さが胸にしみ込む。

「でも、本当に良かったわ」

と、おかみさんは椅子を引いて座ると、「どうにも気になってね。あとちょっと遅かったら、あんたは崖の下へ突き落とされてたでしょう」

今になって、しのぶは恐怖に震えた。

青木冴子に突き飛ばされる直前、

「何するの！」

と、このおかみさんが怒鳴《どな》ってくれて、冴子の手から力が抜けたのである。

それでも、しのぶはよろけて雪の中で転んだ。

冴子は逃げ出した。――おかみさんは、もちろん追いかけたりせずに、しのぶを助け起こして、この店まで連れ戻してくれたのである。

「――どう？　少しは落ちついた？」

肯《うなず》いたものの、正直なところ「落ちついた」とはとても言えない。

「ありがとうございました……」

と、かすれた声を出して、「うちへ電話します」

「そうそう。それがいいわ」

と、おかみさんはしのぶの肩を軽く叩いて、「落ちついたら、熱いお風呂へ入りなさい。

ね？」

「はい……」

「でもねえ、あんたのお父さんも、あの女に引っかかって、気の毒に。あの女、きっと他に男がいるのよ。ここで電話してた相手がそうでしょう」

「お父さん……どうしたのかしら」

と、しのぶは呟《つぶや》いた。

「あの濡れた服……。あの女、ちゃんと着替えを用意して、たぶん服の下に何か着込んでたんだね。あんたのお父さん、泳げる？」

しのぶは涙が出て、止《とま》らなくなってしまった。

父が、あまりに可哀そうだったのだ。

ガラッと戸が開いた。

「天沼さん、どう？」

と、おかみさんが訊く。

「うん、この近くのバスや列車の駅には手配した」

と、警官は言った。「この雪だ。そう遠くへは行かんさ」

「絶対に捕まえてやんなきゃ！　この子は、父親を捜して、一人でこんな所まで来たのよ。それを、崖から突き落とそうとするなんて！」

おかみさんはひどく腹を立てている。

天沼という名の警官は、しのぶのそばのテーブルに腰をかけると、

「君の親父さんというのは、どんな人だね？」

と訊いた。

しのぶは、涙を手の甲《こう》で拭《ふ》くと、

「写真があります」

と、バッグからかじかんだ手で何とか写真を捜し出した。「――これ、最近の写真です」

天沼は、その写真を手に取って一目見ると、

「何だ、この人か」

と言ったのだった。

6

「――死のう」

と、高杉は言った。

高杉の胸で少し眠りかけていた信代は、

「え？」

と訊き返してから、「——本当？」

と、頭を上げた。

「ああ……」

布団の中で、二人は肌を寄せ合っていた。

高杉はこのまま死んでもいいと思った。自分について来てくれるのは、この少女一人だろう。

「今さら、『僕は騙《だま》されたんです』なんて、みっともなくて言えやしない。家へ帰るわけにもいかないし……。しかし、君はまだこれからなのに」

「もう充分生きたわ」

と、信代は言った。「人を愛して、別れて、失って……。一通りの人生は経験した」

もちろん、人生はそれだけではない。しかし、父親を失った信代には、もう他のことなど何の意味もないのだ。

「それなら、もう止めないよ」

「うん」

信代は高杉にキスした。「——ありがとう！」

「しかし、もう冷たい海に飛び込むのはごめんだな」

信代はちょっと笑って、

「じゃ、何がいい？　アッサリすぐに終るのがいいわね」

「何の相談だか、知らない人が聞いたら見当もつかないだろうな」

高杉は、信代の肩を、力をこめて抱いた。

「このまま、眠って死ねるといいのに……」

「しかし、睡眠薬を死ぬほど服《の》むってのは大変らしいからな」

電話が鳴った。

「何かしら。——待っててね」

信代は、布団を出ると毛布をつかみ、裸の体に巻きつけて部屋を出た。

「——はい。もしもし？」

「信代か」

天沼の声だった。

「何か……」

「お前の例の『お客』はいるか」

「おじさんですか？　ええ」

「『おじさん』か。——高杉良一というんだろ。分ってる。いるんだな」

「それで？」

「今からそっちへ行く。その高杉の娘さんがみえてるんだ」

信代は、受話器を握りしめた。

「——そうですか」

「しのぶさんという子だ。お前と同じ年齢だが、お前のようにひねくれてないぞ。父親のことを心配して、一人でここまでやって来たんだ」

と、天沼は言った。「これから行く。そう言っといてくれ」

「分りました」

と、信代が言い終らない内に、電話は切れていた。

信代はゆっくりと受話器を戻した。

そして、素早く立ち上ると、奥の部屋へと足早に戻り、

「起きて」

と言った。

「どうした？」

高杉が起き上る。

「あの天沼ってお巡りさんから電話で、これからここへ来るって」

「ここへ？」

「あなたのこと、知ってたわ。高杉良一って名前も。あなたを捜してる人が来たんですって」

「――そうか。この町で列車を降りたのを突き止められたんだな」

「早く服を着て」

「うん」

高杉と信代は、急いで服を着ると、部屋を出た。

「――時間がないわ」

「どうする？」

「待って」

信代は台所へ駆けていくと、戸棚を開け、小ぶりの先の尖《とが》った包丁を二本、持って来た。

「――痛いだろうけど、すぐ終るわ、きっと」

「信代……」

「ねえ、私、憧《あこが》れてたの。心中物で、互いに刺し違《さちが》えて死ぬじゃない？　どうせ死ぬなら、好きな人の手にかかって死にたい」

信代が一本の包丁を高杉に渡す。

「――これか」

「ちゃんと砥《と》いであるから、大丈夫よ」

「うん……。しかし、君を刺せるかな」

「思い切ってやって！　私も……やるわ。あなたを失うくらいなら、やれるわ」

「そうだ……。僕も、逮捕されて何年も刑務所へ入るくらいなら……」

「私が刺すのじゃ、いや？　それなら、先に私を刺して。それから自分でやって」

信代の言い方は、ごく平静で、まるで皿洗いの順番でも決めているかのようだった。

「いや、互いにやろう。一、二、三でやればお互い悔いも残らない」

「ええ！」

信代は高杉を抱きしめてキスすると、

「――嬉《うれ》しい。死ぬときは一人だとばっかり思ってたの」

「君のような若い子が付合ってくれるなら、僕も本望《ほんもう》さ」

と、高杉は言った。「さあ、それじゃ……」

「ここで？」

「奥の部屋にしよう」

二人は、包丁を手にして、今まで愛し合っていた奥の部屋へ戻ると、布団をきちんと直した。

そこに二人で向き合って座ると、何となく照れてしまう。

「あなたに会えて良かったわ」

と、信代は言って、包丁をつかんだ。

波の音が高くなった。

高杉は、冴子と飛び込んだ、あの瞬間のことを思い出していた。

渦巻く水に呑《の》み込《こ》まれ、凍りつく水の冷たさ、肺を水が充《み》たしていく苦しさ……。

これが「死」だ、と思った。こんなに苦しいものなのだ。

包丁の刃の、尖った切っ先が光った。

この刃が、心臓を貫《つらぬ》くのだ。

突然、恐怖が高杉を捉《とら》えた。

「それじゃ——」

と、信代が包丁を持つ手を引いて、

「一、二……」

「——あの家だ」

と、天沼は言った。

雪が少し小降りになっていて、傘《かさ》なしで歩けた。

「お父さん、生きてて良かった」

と、しのぶは、足下の雪が、キュッ、キュッと鳴るのを聞きながら急いだ。

「どうしてあの家にいたのかな。——ま、信代って娘は大分《だいぶ》変ってる。あんまり近寄らんことだ」

しのぶには、海岸に近い、その古い家が、ひどく陰気なものに思えた。

「お父さんが帰りたくないと言ったら?」

「でも——何とか説得します」

と、しのぶは言い切った。

吐く息の白さが、決然と濃い。

「先に私が話そう」

と、天沼が言って、玄関へと歩いていくと——。

ガラッと戸が開いて、高杉が現われた。

「お父さん!」

しのぶは飛び出した。

「しのぶ……。何してるんだ、こんな所で?」

高杉は、娘の姿に啞然《あぜん》としている。

しかし、しのぶの方も足を止めると、

「けがしたの?」

父の手が血で汚れている。

「いや……。そうじゃない。この血は……」

高杉は、ゆっくりと娘の方へ進み出た。

「この馬鹿な父親を許してくれ」

「お父さん……」

高杉が両手を広げて、しのぶを迎え入れようとした。

そのとき、玄関から、血だらけになった少女が現われた。

「お父さん！」

と、しのぶが声を上げる。

高杉は振り向くと、目をみはった。

「約束でしょう！」

と、信代が包丁を両手で握りしめて、叫んだ。

「やめてくれ！」

と、高杉は、しのぶの前に立ちはだかって、「信代、僕は——」

「卑怯者《ひきょうもの》！」

信代の目は、燃えるような暗い情熱をたたえて、その力が刃先にこもっていた。

高杉は、その刃が深々と自分の腹へ食い込むのを呆然《ぼうぜん》と見ていた。

俺は死にたくないんだ！

生きていたいんだ！

高杉を刺した信代は、自分も傷口から血を溢《あふ》れさせるように雪の上へ広げながら倒れた。

「お父さん！」

しのぶは、父が雪の中へ膝をつき、押えた腹から血がほとばしり出るのを見て、「どうしたの！　こんなことって……」

「しのぶ……。父さんは……生きたかった……」

高杉は苦痛に体を折って、うつ伏せに倒れた。

「——何だ。どうなってる」

ただ一人、天沼が呆然として、この小さな田舎町に起きた惨劇を眺めているのだった……。

解説

藤本ひとみ

解説という字を辞書で引くと、『わかりやすく説明すること。また、その説明』となっている。

しかし、赤川次郎氏の小説を愛読する人々が、そんなものを必要としていないことは、火を見るよりもあきらかである。赤川氏の小説と読者の間には、すでに深く甘い関係ができており、そこにおいて解説は、蛇足であり、野暮であり、つや消しである。

しかしながら出版界には、文庫本の出版にあたっては、小説の後ろに解説をつけなければならないという決まりがあるらしく、たいていの文庫がそういう体裁をとっている。三島由紀夫氏などは、これにいらだったようで、

「……第三者の手にかかって、とんでもない憶測をされるよりも、古い自作を自分の手で面倒をみてやりたい……」

との記述のもとに、自分で解説を書いている。

しかし、赤川作品においては、たとえご本人の解説であろうと、読者と作品の間に介入することはできないのではないかと、私は思う。双方は、それほどに熱っぽい関係にあり、説明など、不要なのである。

しかし、文庫であるからには、是が非でも解説をつけねばならぬ、そうでなくては出版界の常識を大きく逸脱することになる、というのであれば、ここはやはり、読者が作品の次に興味を寄せている赤川氏の私生活について言及するのが、最も正しい解説のあり方といえるのではあるまいか。

作品というものは、作家の生き方や魂から生まれ出るものであり、作品と作家の生活は、切り離すことができない。作品の解説が不可能ならば、せめて作家の私生活の解説というのは、どうであろう。

だがしかし、私は、赤川氏の私生活を知らない。知らないことは、書けない。そればかりではない。ここ数年、私は、赤川氏にお会いしたことすらない。よって、面差の記憶も日々、おぼろであり、私の頭の中の赤川氏は、新聞の広告欄で見かける写真の、あの点々の入った面立《おもだち》にとって代わられつつある。悲しいことである。

この『手首の問題』は、赤川氏が一九九五年から一九九七年にかけて書いた作品のうちの、四作を収録したものである。本書執筆の動機は、氏の言葉を借りれば、

『シリーズ物でない短編には、制約が少ない分、筆に任せてどんな終わり方をしてもいい、という解放感がある。言い換えれば、登場人物が生き方を選べるのだ。

それでも物語である以上、終わりはやってくる。物語は終わっても、登場人物の人生はまだ続くわけで、その先の人生を、読者がつい考えてしまうような、そんな小説を書いたつもりである』

ということである。

赤川氏は、たくさんのシリーズを持つ作家であるが、本書は、その中の一冊としてではなく、単独の作品として成立している。様々な人生を歩んでいる人々を、一瞬、そこからすくい上げて素材とし、人間というものの実体と本質を見きわめてから、再び彼ら自身の人生に返しているかのような作り方で、現代を書く赤川氏の視線の鋭さを感じさせる作品集である。

展開のあざやかさについては、いうまでもない。表題作『手首の問題』において、いきなり主人公を変えながらストーリーに破綻《はたん》をきたすことなく、読者の驚きを誘う独白シーンにもっていったり、また『天使の通り道』の中での意外な展開、『みれん』に挿入されている突然の恐怖など、どうしても先を読み進まずにはいられない気持にさせる数々のテクニック

は、見事というしか言葉がない。

　しかし、それらの鋭さや鮮やかさと並行し、本書は、愛情に満ちた一冊でもある。人間というものが、何を求め、何に迷い、何に支えられながら生きているかということについての赤川氏の考えが、随所にちりばめられており、そこには、心の痛みを抱える人々への赤川氏のあふれんばかりの愛情が感じられる。

　また本書の四作に共通するもので、今までの赤川作品には、あまり見かけられなかったものに、恋愛関係における「あいまいさ」があるように思う。特に『手首の問題』に、それが顕著《けんちょ》に出ている。

　私は最近、この「あいまいさ」というものこそ、恋愛の本質の一つではないかと考えるようになった。というのも、人間というものは、常に「あいまいさ」を含んでいるものであり、これを相手が突きつめていけばいくほど、恋からは遠くなっていくからである。

　一目ぼれで始まることの多い思春期の恋愛と違い、それ以降の恋は、相手の「あいまいさ」を、あいまいなままに許すだけのゆとりをもっている人間でなければ、成就は難しい。男のあいまいさを許すことのできた『手首の問題』の靖代は、近々、すてきな恋を実らせるにちがいないという気がする。ぜひ、続編を。

　だが、「あいまいさ」を許すことは、相手の身勝手を許すことと紙一重である。相手を見すえ、節度をわきまえていなければ、恋はもちろん、自分自身すら崩壊させることになりかねない。恐ろしいことだが、私は、赤川氏のそんな小説も、読んでみたいと思う。

読者の欲求は、少しの「あいまいさ」もなく、ひたすらつのるばかりである。これからも赤川氏が、楽しく哀しい多くの作品を創り続けてくれることを期待しつつ、心からの応援と、感謝を送りたい。

初出
「手首の問題」　小説現代'96年11月号
「天使の通り道」　小説現代'95年7月号
「断崖」　小説現代'96年6月号
「みれん」　IN☆POCKET'97年1月／2月号
本書は、一九九七年七月に小社ノベルスとして刊行されました。